L. Ochrasy
Vor meiner Zeit

Wenn *L. Ochrasy* nicht gerade ihre Heimatstadt Berlin oder die Natur in der Umgebung erkundet, unternimmt sie Reisen an die unterschiedlichsten Orte der Welt und lässt sich dort von den Kulturen, Ländern und Menschen zu ihren Geschichten inspirieren. Die Idee zu »Vor meiner Zeit« verdankt sie jedoch einem Praktikum in einem Archiv, das sie im Anschluss an ihr Studium der Soziologie absolvierte. Neben »Vor meiner Zeit« veröffentlichte sie bereits erfolgreich weitere Geschichten für junge Leser auf Wattpad.

L. Ochrasy

Vor meiner Zeit

Roman

PIPER

Mehr über unsere Autoren und Bücher:
www.piper.de

Wenn Ihnen dieser Roman gefallen hat, schreiben Sie uns unter Nennung des Titels »Vor meiner Zeit « an empfehlungen@piper.de, und wir empfehlen Ihnen gerne vergleichbare Bücher.

Bei »Vor meiner Zeit« handelt es sich um eine bearbeitete Version des von L. Ochrasy auf Wattpad.com veröffentlichten Textes.

ISBN 978-3-492-50480-5

Redaktion: Julia Feldbaum
Satz auf Grundlage eines CSS-Layouts von digital publishing competence (München) mit abavo vlow (Buchloe)
Covergestaltung: Alexa Kim »A&K Buchcover«
Covermotiv: PNGTree
Printed in Germany

Kapitel 1 Der Schnee

Es war einer der seltenen Tage im Winter, an denen das Wetter der Jahreszeit gerecht wurde. In Filmen sah Schnee immer so romantisch aus. Sachte fielen die Flocken zu Boden, während das Liebespaar, das wie aus dem Modekatalog angezogen war, sich in den Armen lag und einander schmachtend in die Augen sah, ehe die Szene dann im finalen Kuss endete.

In der Realität peitschte mir der nasskalte Schnee ins Gesicht, der mein Make-up verschmierte und mir somit einen echten Waschbären-Look verlieh. Meine Finger warteten derweil vergeblich auf Blutzufuhr, was auch daran liegen konnte, dass die Einkaufstüten mit jedem Meter ein Kilogramm Gewicht zuzunehmen schienen. Meine Füße badeten im Eiswasser, da meine Schuhe schon nach der ersten Straßenkreuzung ihren Imprägnierschutz aufgegeben hatten. Ich hatte definitiv schon bessere Tage gesehen, und die Zeiten, in denen ich mich euphorisch über Schnee gefreut hatte, lagen auch ein paar Jahre zurück. Mittlerweile war ich erwachsen genug, um zu wissen, dass aus der weißen Pracht ekliger Matsch werden konnte.

Endlich erkannte ich hinter dem Schneeflockenwirbel die Nummer 5 an der blauen Außenmauer des viergeschossigen Hauses. Mit dem Ellenbogen betätigte ich die Klingel und stieß beim Surren die Tür mit dem Rücken auf.

Ein Grund, warum ich für meine Oma immer die Einkäufe tätigte, war die Abwesenheit eines Fahrstuhls. Insbesondere für eine 82-jährige Dame konnten zwei Stockwerke dem Aufstieg des Mount Everest gleichen. So, wie ich momentan aussah, konnte man vermutlich ebenfalls denken, dass ich gerade vom höchsten Berg der Welt kam. In meinen Haaren klebten Eiskristalle, und ich war mir sicher, dass meine Wangen röter waren als die von Pikachu.

»Kleines, du siehst ja ganz durchgefroren aus!«, bemerkte meine Oma, als sie mich sah. Wie immer wartete sie schon an der offenen Tür auf mich. Sie drückte mir flüchtig einen Kuss auf die Wange und nahm mir eine Tüte der Einkäufe ab. »Komm schnell rein! Ich hole dir warme Sachen und mache dir einen Tee.«

Sie humpelte mit ihrem künstlichen Hüftgelenk zurück in die Wohnung. Oma Trude war wirklich eine Oma, wie man sie aus Bilderbüchern kannte. Ihre krausen, grauen Haare hatte sie sich zu einem Dutt zusammengebunden, die Beinbehaarung war von einer halb durchsichtigen Strumpfhose nicht komplett verdeckt, und ihr Kleid mit Blümchenmuster fiel bis knapp über die Knie. Tiefe Falten im Gesicht ließen erahnen, dass ihr Leben nicht nur aus Zuckerschlecken bestanden hatte.

Kaum hatte ich ihre kleine Zweizimmerwohnung betreten, durchflutete mich ein angenehmes Gefühl von Wärme. Meine Haut begann zu kribbeln, als würden Ameisen dort ihr Hauptquartier zu bauen beginnen. Neben der Wärme erreichte mich aber auch der typische Geruch meiner Oma, der sich aus Keksen, Kaufhausparfum und einem Hauch von Pfefferminze zusammensetzte.

Ich schlüpfte aus meinen Schuhen und brachte die restlichen Einkäufe in die Küche, während Oma schon Wasser aufsetzte. Meine nassen Füße hinterließen Spuren auf dem dunklen Teppich.

»Früchtetee?«, erkundigte sie sich und holte meine Teddytasse aus dem Schrank, die ich schon seit meinem fünften Geburtstag vorgesetzt bekam.

»Ja, hört sich gut an«, murmelte ich und hauchte warme Luft zwischen meine Handflächen.

Dann griff ich nach dem Eisbergsalat, der Gefahr lief, aus der Tüte zu fallen. Doch eine Hand legte sich auf meine Schulter.

»Lass nur! Ich mach das schon. Wärm dich erst einmal auf, Kind!«

»Aber ...«

»Kein *Aber*! Ich bin vielleicht alt und habe einen faltigen Körper, aber ich schaffe es noch, meine Einkäufe in den Kühlschrank zu legen«, ließ Oma mich mit einem sanften Lächeln wissen. Sie verwies auf den Holzstuhl direkt an der Heizung. »Na los! Setz dich!«

Da durch meine Adern mittlerweile Sorbet statt Blut floss, nahm ich das Angebot dankend an.

»Es hört gar nicht mehr auf zu schneien«, bemerkte Oma und sah aus dem Fenster, wo die Schneeflocken einen wilden Tanz aufführten. Nachdenklich nickte ich und sah zu, wie eine fette Flocke gegen die Scheibe klatschte, dort kleben blieb und dann langsam schmolz.

Oma stellte mir den dampfenden Tee vor die Nase. Selten hatte ich mich so sehr über dieses Heißgetränk gefreut.

»Gibt es bei dir etwas Neues?«, erkundigte ich mich und nippte vorsichtig. Sofort verbrannte ich mir die Zunge. Beim Teetrinken wurde mir meine Ungeduld jedes Mal zum Verhängnis.

»Das Übliche. Edith muss am Knie operiert werden, und Heinz nimmt durch die Chemo immer mehr ab. Es geht ihm wirklich nicht gut.«

Ich schaute mitleidig drein.

»Du hast ihn ja schon lange nicht mehr gesehen. Er ist nur noch Haut und Knochen. Es ist wirklich schrecklich«, fuhr Oma fort.

Je mehr Zeit ich mit meiner Oma verbrachte, desto mehr machte mir das Älterwerden Angst. Ich hatte manchmal das Gefühl, dass man sich nur von einer Krankheit zur anderen hangelte. Und irgendwann kam dann halt die letzte, die einen ins Grab brachte. Doch bis dahin war es ein Leidensweg aus Spritzen, Pillen, Operationen, Infektionen und Chemos. »Und deine Hüfte?«, fragte ich wie immer.

»Ach, na ja, es muss«, kam die übliche Antwort. »Erzähl lieber, was es bei dir Neues gibt? Da ist das Leiden noch nicht so groß.«

Wenn sie wüsste. Bei mir litt nicht die Hüfte, sondern das Herz. »Leon und ich sind nicht mehr zusammen«, sagte ich kurz und knapp. Beim Pflasterabziehen war das schließlich auch die schonendste Variante. Vielleicht klappte es ja auch bei Omas.

»Nein!!«, kam es erschrocken über ihre Lippen, und sie schlug die Hände vor den Mund. Sie tat fast so, als hätten zwischen Leon und mir zwanzig Ehejahre und drei Kinder gelegen. In Wirklichkeit waren es acht Monate und vier Tage gewesen.

»Doch«, behielt ich die Ruhe.

»Aber er war doch so ein guter Junger. Weißt du noch, wie er für mich die Fenster geputzt hat?«

»Ja, Oma. Ich erinnere mich.«

»Oder wie er meinen Fernseher angeschlossen hat?«

»Ja, Oma. Auch das habe ich nicht vergessen.«

Ihr Ausdruck war ratlos, wodurch ihr Gesicht noch mehr Falten schlug als sonst. »Aber warum hast du diesen netten Jungen dann gehen lassen?«

»Woher weißt du denn, dass *ich* Schluss gemacht habe?«

Sie verengte ihre Augen. »Hast du das denn nicht?«

Ich seufzte. Eigentlich hatte ich nicht so ins Detail gehen wollen. »Doch, habe ich, aber ich war nicht schuld. Er ist nicht immer der nette Typ, der er vorgibt zu sein.« Genau genommen war er sogar ein richtiges Arschloch, der mit Gefühlen spielte, als wären sie Schachfiguren.

»Tatsächlich? Was hat er getan?« Oma setzte sich nun neben mich und sah mich mitleidig an.

Ich schüttelte den Kopf.

»Du willst nicht darüber reden?«, schloss Oma scharfsinnig.

»Nein, ehrlich gesagt nicht.«

Es folgte ein liebevolles Schulterklopfen. »Ist in Ordnung. Wie du magst«, reagierte sie gewohnt einfühlsam. »Tut mir leid, dass es zwischen euch nicht so gelaufen ist, wie du es dir vorgestellt hast, Schätzchen.« Sie schenkte mir ein aufmunterndes Lächeln, bei dem ihre gelben Zähne zum Vorschein kamen.

»Manchmal denke ich, ich werde nie jemanden finden«, sprudelte es nun doch aus mir heraus, und ich bereute es sofort. »Der Mann meiner Träume sollte ein echter Gentleman sein, aber so etwas gibt es heutzutage gar nicht mehr. Manchmal wünschte ich echt, dass ich zu deiner Zeit groß geworden wäre.«

Oma lachte leise und sah dabei irgendwie niedlich aus. Wenn sie die Mundwinkel hob, hatte sie immer noch etwas von einem frechen, jungen Mädchen.

»Die Männer waren früher wirklich echte Gentlemen«, sagte sie mit verträumtem Blick, und ich fragte mich, ob meine Oma früher die Herren um den Finger gewickelt hatte. »Das kann ich nicht abstreiten. Dein Opa hätte niemals zugelassen, dass ich eine öffentliche Tür selbst öffne oder mir den Mantel allein anziehe. Aber es war eine andere Zeit. Dafür mussten die Frauen auch den Haushalt allein schmeißen und sich um die Kinder kümmern. Damals wäre es undenkbar gewesen, dass ein Mann ein Kind wickelt oder die Wäsche wäscht. Das war halt Frauensache. Es ist also nicht alles schlechter geworden.«

Ich verzog das Gesicht, während ich die Finger um meine heiße Tasse Tee schlang und zusah, wie Dampfwölkchen nach oben stiegen. Ich konnte das künstliche Fruchtaroma riechen. Auch wenn ich versuchte, Leon zu verdrängen, geisterte er die ganze Zeit durch meine Gedanken. Wir hatten viele schöne Momente gehabt, und diesen trauerte ich hinterher.

»Das wird schon, Kleines«, versuchte Oma meine Laune zu heben. »Du bist noch jung, und irgendwo da draußen läuft dein Traummann herum und fragt sich, was nur aus den gut erzogenen Ladys von damals geworden ist, die ihren Großmüttern noch die Einkäufe nach Hause brachten.«

Tatsächlich schaffte sie es, mich zum Lächeln zu bringen. Dann vibrierte mein Handy. Ich sah Sophias Namen aufleuchten.

»Du wirst ihn aber nicht finden, wenn du ständig an diesem Ding hängst!«, mahnte Oma.

Handys waren in ihren Augen das Werk des Teufels, das die gesamte Gesellschaft zerstörte. Und sie wurde nicht müde, mir vorzuwerfen, dass ich von dem Teufelsding abhängig war.

»Tu ich doch gar nicht!«

Sie zog nur abwertend ihre Augenbrauen hoch, während ich mein Handy in der Tasche verschwinden ließ, ohne die Nachricht gelesen zu haben. Manchmal wünschte ich, dass alte Leute ihre Augen nicht vor moderner Technik verschließen würden. Diese Scheuklappen verhinderten die Erkenntnis, wie praktisch so manche moderne Errungenschaften waren. Meine Oma könnte sich schließlich ihre Einkäufe einfach online bestellen und nach Hause liefern lassen. Ich hatte schon so oft versucht, ihr die Vorteile zu erläutern, doch immer wieder verhielt sie sich wie ein trotziges Kleinkind, dem man weismachen wollte, dass Rosenkohl etwas ganz Leckeres war. Ohne es probiert zu haben, wurde es einfach verweigert.

In meiner Tasche vibrierte mein Handy erneut.

»Ist das Leon?«, fragte Oma neugierig.

Ich zuckte mit den Schultern. »Kann schon sein.« Es wäre heute nicht das erste Mal, dass er es versuchte. »Aber er ist Geschichte.«

Plötzlich sah Oma zerbrechlich aus, und ich wusste, dass sie gerade an Opa dachte. Auch er war Geschichte, jedoch auf eine ganz andere Art und Weise. Bei Oma reichten Kleinigkeiten aus, um Erinnerungen auszulösen. Es war schon fünf Jahre her, aber ich hatte nie das Gefühl gehabt, dass Oma jemals über seinen Tod hinweggekommen war. Wie sollte man auch über die Liebe seines Lebens hinwegkommen? Bis heute konnte ich mir diesen Verlust nicht vorstellen. Ich hatte meinen Opa nur zwölf Jahre gekannt. Bei ihr waren es fünfzig Jahre gewesen. Ein halbes Jahrhundert.

»Willst du über ihn reden?«, hakte ich vorsichtig nach. Manchmal taten wir das. Wenn sie ihn zu sehr vermisste, erzählte sie mir von ihren schönsten gemeinsamen Erinnerungen. Ich liebte diese Geschichten, denn sie waren aus einer anderen Welt. Einer Welt, in der sich alles so perfekt anhörte. Als die Männer den Frauen noch den Hof gemacht hatten.

Oma schüttelte tapfer den Kopf. »Nein, ist schon gut. Heute nicht. Außerdem weiß ich, dass du bald wieder losmusst. Deine Mutter hat vorhin angerufen und möchte, dass heute mal alle zum Abendessen da sind.«

Ich konnte mir ein bitteres Lachen nicht verkneifen. Das kam eh nicht zustande. Dazu war das Workaholic-Gen bei meinen Eltern zu sehr ausgeprägt.

Trotzdem blieb ich bei Oma nur so lange, bis meine Blutzufuhr und meine Gesichtsfarbe sich wieder normalisiert hatten. Oma gab mir wie immer ein paar Euro mehr, als sie mir das Geld für die Einkäufe überreichte.

Es tat mir leid, sie allein zurückzulassen.

Auf dem Nachhauseweg wurden der Schneefall sachter und die Flocken größer. Da die Schuhe meiner Oma im Vergleich zu meinen eigenen eine Puppengröße hatten, musste ich zwar in meinen pitschnassen Schuhen nach Hause laufen, doch das Knirschen des Schnees unter meinen Sohlen konnte ich trotzdem genießen.

Es war dunkel, und die Laternen tauchten alles in ein oranges Licht. Auf den Straßen waren mehr Schneemänner zu sehen als Menschen. Offenbar verkrochen sich bei Dunkelheit alle in ihren Häusern und genossen unter einer warmen Decke eine heiße Schokolade. Das war zumindest die romantische Vorstellung. Wahrscheinlich starrten in der Realität alle auf die Mattscheibe, schoben sich Fast Food in den Mund und »touchten« mit ihren fettigen Fingern auf dem Display herum, während sie sich aufregten, dass morgen erst Freitag war und nicht heute.

»Ich bin da!«, rief ich in unser Haus, das das Spießerdasein im Speckgürtel einer Großstadt in allen Punkten erfüllte: *Welcome*-Schild an der Tür, gestutzte Hecke, weiß verputzte Fassade, Kerzen im Fenster.

»Papa kommt später«, rief Mama gehetzt. »Ich muss noch mal los und meinen Blaser zur Reinigung bringen. Das mit dem Essen klappt heute leider doch nicht. Es steht aber etwas auf dem Herd. Müsste noch warm sein.«

Das war die übliche Kommunikation meiner Mutter unter der Woche. Kurz und knapp.

»Wie geht's Oma?«, wollte sie wissen.

»Wie immer«, antworte ich und befreite mich von meinen nassen Schuhen, indem ich sie einfach in die Ecke feuerte.

»Ida! Was ist so schwer daran, sie ordentlich hinzustellen?«, fauchte meine dauergestresste Mutter.

Ich verdrehte die Augen und ging in die Küche, um mein Abendessen ausfindig zu machen. Der Geruch sagte mir, dass Mama noch immer auf ihrem Asia-Trip war.

»Von Mr. Xing«, informierte sie mich, als sie meinen Blick in die Pfanne sah.

Diese Anmerkung war unnötig, denn natürlich wusste ich, dass sie nicht selbst gekocht hatte und es von Mr. Xing war – dem Asiaten unseres Vertrauens.

»Wo ist Svea?«

An Mamas Gesicht erkannte ich sofort, dass meine Schwester mal wieder die Zicke in sich zum Vorschein gebracht hatte.

»Frag nicht«, rief sie und warf sich ihren schwarzen Mantel über. »Sie ist in ihrem Zimmer und verweigert das Essen. Sie sei zu fett.«

Wäre es nicht so traurig, hätte ich lachen können. Meine Schwester war eine Bohnenstange. Sie hatte weder Brust noch Hintern und einen Bauch schon gar nicht. Die Pubertät hatte bei ihr voll zugeschlagen, und so war ich mir sicher, dass sie morgen schon wieder drei Pizzen verschlingen würde.

»Dann esse ich wohl allein?«, fragte ich Mama, als sie schon auf der Türschwelle stand.

»Tut mir leid, Schatz. Morgen essen wir zusammen. Versprochen!«

Es folgte ein flüchtiger Wangenkuss, und dann war die Tür auch schon zu. Ich würde den Abend wohl im Stile von *Dinner for One* verbringen.

Immerhin leistete Sophia mir virtuelle Gesellschaft. Ich zog das Handy aus der Tasche.

Sicher, dass es mit Leon aus ist?, hatte sie geschrieben, als ich noch bei Oma gewesen war.

Ja, das heute war echt die Krönung. Ich lass mir das nicht länger bieten!, tippte ich.

Die Entscheidung war sicher hart für dich. Ihr wart schon ziemlich lange zusammen und ein echt süßes Paar.

Kurz sah ich nachdenklich aus dem Fenster und beobachtete, wie ein Eichhörnchen direkt vor der Terrassentür saß und eine Haselnuss in den kleinen Pfötchen wendete. Jeden Morgen legte mein Vater ein paar in das Körbchen auf der Regentonne.

Ja, wir waren lange zusammen gewesen, und ich würde lügen, wenn ich behauptete, dass ich ihn nicht mehr liebte. Viele hatten mich immer um ihn beneidet.

Es war einfach an der Zeit, es zu beenden, antwortete ich und schob mir einen Löffel Reis in den Mund.

Hmm, wie du meinst. Wir können morgen noch quatschen. Muss jetzt zum Abendessen. Morgen wieder der gleiche Bus wie heute?

Jep!, tippte ich und schob das Handy zur Seite.

Kapitel 2 Die Taschenuhr

Über Nacht hatte es ununterbrochen weitergeschneit. Ich musste zugeben, dass mir diese Puderzuckeroptik gefiel. Solche Schneelandschaften existierten in Wirklichkeit und nicht nur auf weihnachtlichen Keksdosen und in der Coca-Cola-Werbung.

»Kind, du bringst mich noch mal ins Grab! Warum ziehst du bei fünf Grad minus diese Hose an? Das ist nicht das Wetter für eine Kniebelüftungsanlage!«

Meine Mutter war noch nie ein Fan von zerrissenen Hosen gewesen. Meine Generation hatte diesbezüglich aber eine andere Meinung. »Reg dich ab, Mama! Ich laufe zwei Minuten zum Bus, fahre zehn Minuten und gehe dann zwei Minuten zum Archiv. Den Rest des Tages bin ich drin, und zwar in gut beheizten Räumen. Es sind nur vier Minuten, in denen ich draußen bin. Wo ist also das Problem?«

Ich sah Mama am genervten Gesichtsausdruck an, dass sie keine Lust auf eine Diskussion hatte. Wir hatten das Thema eh schon oft genug durchgekaut, und auch ein Wiederkäuer schluckte eben irgendwann mal runter.

»Du holst dir den Tod!«

»Jaja«, murmelte ich in meinen dicken Schal hinein und stapfte dann nach draußen in den Schnee.

Es war dunkel, doch die Laternen erlaubten mir einen Blick auf die verschneiten Straßen. Irgendwie wirkte alles ruhiger als sonst, und es lag dieser ganz besondere Geruch von frisch gefallenem Schnee in der Luft. Ich atmete tief ein und stieß eine kleine Dampfwolke aus. Herrlich! Matsch hin oder her. Ein paar Flocken konnten immer noch den Wolken entfliehen und schwebten wie Federn zu Boden.

Ich ging zum Auto meiner Mutter und malte einen Smiley auf ihre Heckscheibe. Der Schnee war locker und leicht.

»Ida!«, hörte ich meine Mutter durch das offene Küchenfenster rufen. »Du weißt, dass du das nicht tun sollst. Das zerkratzt die Scheibe!«

Mama hatte schon immer gewusst, wie sie sich ideal als Spaßbremse in Szene setzen konnte. »O jaa, die fiesen Schneeflocken mit ihren Reißzähnen und messerscharfen Krallen. Da muss man aufpassen«, rief ich zurück.

»Fräulein!«, zischte Mama.

Ich schmunzelte nur beim Anblick meines Smileys und machte mich dann auf den Weg.

Ich hatte die Bushaltestelle fast erreicht, als mich etwas Hartes am Rücken traf.

»Hey«, rief ich und drehte mich um.

Sophia stand grinsend da und formte bereits den nächsten Schneeball. Ihre wilde schwarze Lockenmähne hatte sie vergeblich versucht, unter ihre Mütze zu quetschen. An den Seiten quollen ihre Haare in alle Richtungen, und man musste befürchten, dass das Wollteil gleich durch die Sprungkraft der Locken in den Himmel katapultiert wurde. Ihre Eltern kamen aus Ghana, was bei Sophia schon von klein auf dazu geführt hatte, dass sie bei Minustemperaturen angezogen war wie ein Forscher auf Nordpolexpedition. Das hatte sich bei ihr bis heute nicht geändert.

Ehe ich einen Schneeball formen konnte, hatte sie mich bereits mit dem zweiten getroffen. Dann kam sie auf mich zu und erduldete es, dass ich ihr eine Fuhre der weißen Pracht direkt ins Gesicht drückte. Da sie nie Make-up trug, konnte sie mit den Folgen leben.

Wir umarmten uns lachend, wobei sie es sich nicht nehmen ließ, mir Schnee den Nacken herunterrieseln zu lassen. Ein kalter Schauer lief über meinen Rücken.

»Hey!«

Ehe ich jedoch einen Konter planen konnte und die Sache eskalierte, bog unser Bus in die Straße ein.

»Was gibt's Neues?«, fragte Sophia, während sie sich den Schnee aus den Haaren schüttelte und wir uns in eine freie Sitzreihe schoben.

»Nichts.«

Sie verdrehte theatralisch die Augen. »Als ob! Leon ist nicht nichts! Vor einer Woche hast du noch von ihm geschwärmt! Was ist denn genau passiert?«

»Ist doch egal. Es ist aus, und damit ist die Sache gegessen.«

Sophia schüttelte den Kopf. »Das denke ich nicht. Leon hat mir gestern geschrieben.«

»Wie bitte?«, unterbrach ich sie. »Was wollte er?«

Ich wusste nicht einmal, dass Leon ihre Nummer hatte.

»Er wollte mit dir reden. Da du all seine Anrufe und Nachrichten jedoch ignoriert hast, hat er sich in seiner Verzweiflung an mich gewendet. Er wollte, dass ich dich überrede, noch mal mit ihm zu sprechen. Und, ehrlich gesagt, fand ich, dass das sehr aufrichtig klang. Ich glaube, er liebt dich wirklich und will dich nicht verlieren.«

»Bist du jetzt auf seiner Seite, oder was?«, bockte ich und verschränkte die Arme.

»Nein, natürlich nicht, aber ich wollte dir diese Information nicht vorenthalten.«

»Gut. Jetzt weiß ich es. Können wir dann das Thema wechseln?«

Sophia seufzte, gab sich aber geschlagen. »Ich bin so froh, dass heute unser letzter Tag im Archiv ist. Dieses Praktikum ist echt die Hölle. Da habe ich wirklich lieber jeden Tag nur noch Mathe, anstatt stundenlang im runtergekühlten Magazin zu sitzen«, plapperte sie los.

»Immerhin sind wir heute zusammen. Dann wird es bestimmt lustiger. Allein zwischen diesen Regalreihen zu hocken und Bücher zu sortieren hätte ich auch nicht einen Tag länger ausgehalten.«

»Ja, und ich möchte nicht wieder irgendwelche staubigen Akten durchsehen müssen. Wenn die wenigstens richtig alt wären, aber aus den 70er-Jahren? Das hat doch nicht mal historischen Wert. Eigentlich hatte dieses Praktikum gar nichts mit Geschichte zu tun. Ich habe mir das alles echt viel spannender vorgestellt. Ich dachte, wir sehen so richtig altes Zeug, weißt du?«

Sophia liebte alte Dinge. Ihr Zimmer glich eher einem Museum als einem Jugendzimmer. Statt Postern hingen dort Gemälde und statt eines Laptops stand eine Schreibmaschine auf dem Schreibtisch.

»Du wolltest doch im Sommer sowieso ein weiteres Praktikum machen. Dann siehst du bestimmt auch historisch wertvolle Werke.«

Sie nickte, sah aber immer noch enttäuscht aus.

Ich drückte den Stopp-Knopf, während der Bus auffallend langsam über die glatten Straßen schlich. An der nächsten Station mussten wir aussteigen.

Der Weg zum Archiv war weder freigeschaufelt noch gestreut, weshalb wir gezwungen waren, durch den Tiefschnee zu stapfen. Wir folgten einer Fußspur, die definitiv unserem Chef zuzuordnen war. Außer ihm hatte kein anderer einen Grund, so früh schon den Weg zum Archiv zu gehen.

»Guten Morgen, ihr zwei!«, begrüßte Herr Schmied uns im Foyer.

»Morgen«, raunten Sophia und ich im Chor.

Wir konnten ihn beide nicht sonderlich gut leiden. Er war nett, nutzte uns aber aus, indem er uns all die Aufgaben gab, für die er sich zu fein war.

»Heute ist ja leider schon euer letzter Tag«, begann er.

Von »leider« konnte keine Rede sein.

»Und weil ihr mir die letzten Tage wirklich geholfen habt, möchte ich euch heute eine richtig schöne Aufgabe geben.«

Sophia zog überrascht die Augenbrauen hoch, und auch meine Aufmerksamkeit hatte er nun gewonnen. Skeptisch blieb ich trotzdem. Was eine schöne Aufgabe war, lag immer noch im Auge des Betrachters.

»Und das wäre?«, fragte Sophia neugierig.

»Nun ja«, sagte er wichtig und richtete seine Krawatte. »Auch wenn ihr bis jetzt nur mit Akten und Büchern zu tun hattet, beinhaltet unser Archiv noch mehr. Unter anderem lagern wir hier auch die Nachlässe von Personen, die zum Teil schon recht alt sind, und es ist nicht auszuschließen, dass dort auch wertvolle Erbstücke oder wichtige Dokumente dabei sind. Es ist eine

Schande, dass bis jetzt keiner die Zeit gefunden hat, sich an diese Arbeit zu machen. Jedenfalls müssen die Nachlässe erfasst werden. Das Problem ist, dass wir so viel zugeschickt bekommen und so viele andere Dinge zu tun haben, dass gar keine Zeit bleibt, sich damit zu befassen. Eure Aufgabe wird es deshalb sein, dass ihr euch so viele Nachlässe anguckt, wie ihr eben heute noch schafft. Ihr notiert, was hinterlassen wurde, und schreibt eine Kurzbiografie zu demjenigen, der es vermacht hat. Hört sich das gut an?«

Sophias Augen strahlten heller als alle Swarovski-Steine auf dieser Welt zusammen. »Das hört sich fantastisch an!«, kam es euphorisch über ihre Lippen.

Herr Schmied lächelte zufrieden und schien glücklich darüber zu sein, uns eine Freude gemacht zu haben. »Dann kommt mal mit!«

Während Sophia und ich gespannte Blicke austauschten, folgten wir dem kleinen alten Herren mit Halbglatze. Er führte uns in Magazin C, in dem wir zuvor noch nicht gewesen waren. Wir hatten immer nur in A und B unsere Zeit totgeschlagen.

Herr Schmied öffnete die Tür und sofort konnte ich den Geruch der Vergangenheit einsaugen. So dufteten auch die alten Bücher meiner Oma, die sie in ihrer Glasvitrine aufbewahrte.

»Der Raum ist auf 18 Grad heruntergekühlt«, informierte er uns und schaltete das Licht ein.

Vor uns erstreckte sich eine Art Lagerhalle mit etlichen Regalreihen. Alle waren bestückt mit einheitlichen Pappkartons. Es mussten Hunderte sein. Das würden wir heute niemals alles schaffen. Zu zweit würde man vermutlich Jahre brauchen.

Herr Schmied zog eine Kiste aus dem Regal. »Es steht immer nur der Name dessen drauf, der es uns hinterlassen hat. Es sind natürlich nicht die Nachlässe von x-beliebigen Personen, sondern von Leuten, die auch einen gewissen gesellschaftlichen Wert hatten oder noch immer haben. Vielleicht entdeckt ihr also mehr Infos über die Person im Internet oder im Nachlass selbst. Schaut einfach mal, was ihr so entdeckt. Auf dem Tisch dort liegen Zettel und Stifte. Schreibt alles auf, was ihr in den Kisten findet.« Er sah Sophia und mich kurz prüfend an. »Irgendwelche Fragen?«

Synchrones Kopfschütteln folgte. Wir wollten uns nur noch auf die Kartons stürzen.

»Gut, dann könnt ich euch an die Arbeit machen. Aber vergesst nicht, immer mal wieder rauszugehen, denn auf Dauer wird es hier wirklich kalt.«

Wir nickten brav und warteten, bis er den Raum verließ.

»Wie geil ist das denn?«, sprudelte es sofort aus Sophia heraus. »Warum bekommen wir erst jetzt die richtig guten Aufgaben?« Sofort zog sie eine Kiste heraus. »Wie, findest du, hört sich Albert Sternhaus an? Wollen wir mit dem beginnen? Der hat vier Kisten!«

»Warum nicht?«

Gebannt öffnete sie die Kiste, während ich schon mal googelte. Immerhin gab es hier freies WLAN.

»Hier steht, dass er Mediziner war, aber so bekannt scheint er nicht gewesen zu sein. Er hat nicht einmal einen Wikipedia-Artikel«, erstattete ich Bericht.

»Steht denn da, wann er gelebt hat?«

Ich überflog die Suchergebnisse, die sehr spärlich ausfielen. »Von 1897 bis 1942.«

»Der ist bestimmt ermordet worden«, mutmaßte Sophia. »Der Name hört sich sehr jüdisch an, und er ist während der Kriegszeit gestorben, obwohl er noch gar nicht so alt war.«

Vorsichtig hob sie einzelne Dokumente heraus.

»Das sind Unterlagen und medizinischen Tests, würde ich sagen.« Sie überflog die handbeschriebenen Blätter mit größter Neugierde, während ich schon die nächste Kiste von ihm auspackte.

Mir fiel ein Buch, das in Leder eingeschlagen war, in die Hände. Ich schlug es auf und musste feststellen, dass ich die Schrift nicht lesen konnte. Sie war zu verschlungen und zu klein. Doch das erste Wort konnte ich entziffern, denn das war größer und in Druckbuchstaben geschrieben.

»Das hier ist sein Tagebuch!«, rief ich aufgeregt. Ich kam mir plötzlich vor wie eine echte Historikerin.

»Zeig her!«

Sophia quetschte sich neben mich, sodass auch sie sehen konnte, was ich in den Händen hielt. Sie überflog die Zeilen. Ich war mir sicher, dass sie mehr entziffern konnte als ich. Letztes Jahr erst hatte sie einen Kurs über altdeutsche Schrift belegt.

»Puh, das ist echt schwer zu lesen«, gab sie zu. »Der hatte eine richtige Krakelschrift!«

»Ärzte halt«, murmelte ich. Egal, wie lange ich daraufstarrte: Ich konnte nicht einen Buchstaben entziffern, was mich durchaus deprimierte. »Lass uns doch noch in ein paar andere Kisten gucken! Und wir nehmen dann die, die uns am spannendsten erscheint. Und wo wir lesen können, was drin steht.«

»Also, ich finde diesen Arzt, ehrlich gesagt, schon höchstspannend«, widersprach Sophia und nahm mir das Buch aus der Hand.

»Ich schau mal bei den anderen.« Ich widmete mich den weiteren Kisten und schaute in jede mal rein. Meistens waren es alte Zeugnisse, Fotos und manchmal sogar Medaillen.

Bei einem Georg Freimann von Hissenburg hielt ich inne. »Guck mal, hier ist eine Taschenuhr drin. Die sieht echt wertvoll aus!«

Ich griff nach dem goldenen Schmuckstück und zog es heraus. Nun hatte ich wieder Sophias Aufmerksamkeit, die ihre Nase aus den Arztakten zog.

»Aus welchem Karton ist die?«, fragte sie neugierig.

»Georg Freimann von Hissenburg. Im Internet steht nur sein Geburtsdatum und dass er Erfinder war. Mehr nicht.«

»Kein Sterbedatum?«

Ich schüttelte den Kopf. »Nein, aber er wurde vor 150 Jahren geboren. Wir können wohl davon ausgehen, dass er tot ist.«

»Was ist noch in der Box?«

Ich sah hinein und griff nach einem Buch. Sophia nahm es mir sofort ab und schlug es auf.

»Das sind Landkarten. Die sehen alt aus. Findest du nicht?«

Ich warf nur einen kurzen Blick auf die Karten und zuckte mit den Schultern, denn ich fand die Taschenuhr deutlich spannender. »Schon möglich.«

»Schau doch mal, da ist ein Einstich im Papier. Vielleicht hat er in diesem Ort gewohnt.«

Ich drehte die Taschenuhr in meiner Hand.

Autsch!

Vor Schreck ließ ich sie fallen, konnte das edle Stück mit der anderen Hand zum Glück noch auffangen, ehe sie in tausend Teile zerspringen konnte.

»An der Uhr ist eine Nadel«, murmelte ich und sah auf meinen blutenden Finger. »Hier hinten, wenn man sie umdreht. Wer macht denn so etwas?«

Ich leckte das Blut von meinem Finger.

»Vielleicht ist etwas in der Taschenuhr drin und das ist so eine Art Abwehrmechanismus«, kam es Sophia über die Lippen.

Ich lachte. »Ja, ganz sicher. Da ist bestimmt eine Schatzkarte drin versteckt, und am Ende finden wir tausend Goldmünzen aus den Schätzen eines Piratenschiffs.«

»Haha, sehr witzig«, brummte Sophia, die sich wohl in ihrer Abenteuerlaune gestört fühlte.

Sie nahm mir vorsichtig die Uhr aus der Hand, drehte und wendete sie. Plötzlich öffnete sich die Uhr mit einem simplen »Klack«.

»Ha!«, rief Sophia triumphierend und zog einen kleinen Zettel heraus. »Siehst du! Vielleicht ein Liebesbrief!«

»Oder ein Spicker für den Mathetest!«

Sophia grinste mich an. »Du sollst nicht immer von dich auf andere schließen.«

Ich streckte ihr die Zunge heraus, während sie vorsichtig das kleine Blatt entfaltete. »Und was steht drauf?«

Sophias Stirn legte sich in nachdenkliche Falten. Sie las laut vor: »Die Zeit fliegt dahin. Willst du der Pilot sein? Die Nadel bringt dich an den Ort deiner Begierde. Doch denk daran: An der 75 ist nichts zu ändern.«

Die rätselhafte Sprache ließ mich grübeln. »Klartext ist etwas anderes.«

»Na ja«, sagte Sophia, und ich konnte sehen, wie es in ihrem Kopf ebenfalls ratterte. Es fehlten nur noch kleine Qualmwölkchen, die aus ihren Ohren stiegen. »Wenn die Zeit fliegt und du der Pilot bist, heißt es doch, dass du die Zeit bestimmen kannst, oder? Also, die Zeit wäre praktisch dein Flugzeug.«

Ich lege meinen Kopf schief. »Willst du mir gerade ernsthaft sagen, dass ich mit der Uhr in der Zeit herumreisen kann?«

»Nicht ich sage das, sondern derjenige, der diese Zeilen geschrieben hat. Und nach demjenigen zu urteilen, kannst du mit der Nadel den Ort bestimmen. Dazu sind die Landkarten da. Du meintest doch, dass er Erfinder war. Vermutlich hat er versucht, in der Zeit zu reisen, und mit dieser Nadel den Ort bestimmt, an den er reisen wollte.«

»Tja, wohl vergeblich. Nach meinem Wissensstand kann man noch immer nicht in der Zeit reisen«, ließ ich sie mit einem Augendrehen wissen.

»Ja. Das wäre zu schön, wenn er erfolgreich gewesen wäre und wir in der Zeit reisen könnten. Ich würde so gern mal in die 60er reisen.« Sophia sah kritisch auf den Zettel und runzelte die Stirn. »Nur das mit der 75 verstehe ich nicht. Was meint er mit: *An der 75 ist nichts zu ändern*?«

»Keine Ahnung«, gab ich ratlos von mir.

Ich sah noch mal zur Uhr. Eine 75 konnte ich dort nicht finden.

»Meinst du, dass man den Zeitpunkt auf dem Ziffernblatt einstellen sollte?«

»Ja, vielleicht. Es gibt bestimmt irgendeinen Code dafür oder so. Ist noch etwas in der Kiste?«

»Nein, nichts. Es waren nur die zwei Sachen drin, und er hat auch keine anderen Kisten.«

Sophia zog die Mundwinkel nach unten. »Schade, es wäre schon interessant gewesen, was seine Überlegungen dazu waren.«

Ich sah auf die Uhr und dann wieder zu dem Heft. Mich packte die Neugierde. Ich glaubte weder an Zeitreisen noch an sonstige spirituellen Mächte, aber ich wollte es wenigstens ausprobiert haben. Das waren wir Georg Freimann von Hissenburg schuldig. Wenn schon niemand mehr wusste, wann er gestorben war, sollte wenigstens jemand seine Erfindung mal ausprobiert haben.

Ich stach die Nadel samt Taschenuhr in das bereits vorhandene Einstichloch auf der Landkarte. Ich wusste, ehrlich gesagt, nicht einmal, welches Land es abbilden sollte. Die Orte auf der Karte waren handschriftlich eingetragen worden. Die Zeit hatte ihre Spuren hinterlassen, und die Wörter waren kaum noch lesbar.

»Du willst das jetzt nicht ernsthaft ausprobieren?«, kicherte Sophia.

»O doch!«

»Und was glaubst du, was passiert?«

»Man weiß es nie«, sagte ich verschwörerisch. »Bei Erfindern geht oft was schief. Vielleicht verwandle ich mich ja auch in einen Werwolf oder so.«

»Du spinnst.«

Ich lachte und kontrollierte noch einmal, ob die Nadel fest im Papier saß.

»So, die Nadel steckt. Und jetzt? Wo ist der Power-Button?« Ich suchte die Taschenuhr nach einem Schalter oder etwas Ähnlichem ab.

»Woher weiß die Uhr eigentlich, dass du und niemand anderes reisen will?«, fragte Sophia plötzlich todernst, als würde ich gleich wirklich von der Bildfläche verschwinden. »Blut?«, schlug sie schließlich selbst vor.

»Ist klar. Immer muss es Blut sein!«

»Versuch es doch einfach. Dein Finger blutet eh!«

»Mein Blut ist sogar schon an der Nadel. Schließlich habe mich daran gestochen.«

Eine seltsame Ruhe durchfuhr mich.

»Dann drück einfach das Rädchen, womit man normalerweise die Zeiger verstellt. Vielleicht klappt das.«

Ich drückte, doch nichts passierte. Ich begann die Uhr zu schütteln und zu drehen, doch es geschah nichts.

»Ich hätte wenigstens eine Qualmwolke oder einen anderen Special Effect erwartet«, gab Sophia enttäuscht von sich. »Aber gar nichts ist schon ein bisschen wenig.«

Ich steckte die Nadel mit der Uhr wieder in die Karten und wollte noch nicht aufgeben. Ich war mir sicher, dass das der erste Schritt sein musste. Ich tastete die Uhr ab und begann an dem kleinen Zeigerrädchen zu drehen.

Da geschah es.

Mein Körper wurde ohne Vorwarnung schwer. Meine Gliedmaßen schienen zu Boden gedrückt zu werden und außer Form zu geraten. Ich verspürte keinen Schmerz. Doch von Wohlbefinden konnte ich ebenfalls nicht sprechen. Genau genommen hatte ich Angst. Angst vor dem, was gerade mit mir passierte. Noch nie zuvor hatte ich meinen Körper in einem derartigen Zustand erlebt.

Panik überkam mich, doch ich konnte nichts tun. Ich war der Situation vollkommen ausgeliefert.

Meine Sicht wurde unscharf, und Augenblicke später sah ich nur noch Dunkelheit. In meinen Ohren rauschte es, und es klang so, als stünde ich in einer Menschenmasse. Überall waren Stimmen. Mein Körper fiel ins Nichts, und noch immer hatte ich das Gefühl, als würde ich zusammengedrückt werden. Ja, fast so, als würde ich schrumpfen, ein unangenehmes Druckgefühl von allen Seiten erreichte mich. Als würde mich die Luft zusammenpressen. Ich wollte schreien, doch ich war nicht mehr der Herr über meine Muskeln.

Hatte ich einen Schlaganfall? Fiel ich ins Koma? War ich tot?

Kapitel 3 Der Fremde

Ich lag auf etwas Weichem, doch es bequem zu nennen, wäre übertrieben gewesen. Was auch immer es war: Es pikste durch meine Kleidung. Außerdem war es kalt. So kalt, dass sich eine Gänsehaut auf meiner Haut ausbreitete und in mir das Bedürfnis nach einem warmen Tee geweckt wurde.

Wo zur Hölle war ich? Ich fühlte mich schlapp und müde. Meine Glieder waren schwer.

Ich öffnete die Augen.

Was ich nun sah, konnte ich mir nicht erklären. Und wieso wusste ich nicht, wie ich hierhergekommen war?

Über mir waren Spinnenweben. Ich erkannte alte Ziegel, durch die Tageslicht fiel. Wo immer ich auch war: Dieses Gebäude sollte dringend mal von der Baubehörde geprüft werden! Alles wirkte alt und instabil.

Langsam richtete ich mich auf. Nicht nur das Dach war porös, auch die roten Backsteinwände bröselten und ließen Sonnenstrahlen ins Innere des Gebäudes. Noch mehr wunderte ich mich über die Tatsache, dass ich auf einem Strohhaufen saß. Eigentlich mochte ich den Geruch von Stroh und Heu, doch im Moment roch es mehr nach den Ausscheidungen einer Kuh als nach der Heusauna, in die ich mit meiner Mutter jeden ersten Sonntag im Monat ging.

Verzweifelt suchte ich in meinem Gehirn nach einem geplanten Bauernhofbesuch oder etwas Ähnlichem, doch es blieb erfolglos. Ich wusste nicht, warum ich hier war.

Noch verschwommen konnte ich mich erinnern, dass ich mit Sophia im Archiv gewesen war. Doch es wollte mir einfach nicht einfallen, was diese alte Scheune damit zu tun hatte. Woher kam dieser verdammte Blackout?

Ich stand auf und spürte erst jetzt, dass ich etwas in der Hand hielt. Es war eine Taschenuhr, und ein vertrautes Gefühl machte sich in mir breit. Ich drehte sie in meiner Hand und wusste instinktiv, dass sie etwas mit meiner jetzigen Situation zu tun hatte. Doch noch immer fiel der Groschen nicht.

Unschlüssig erhob ich mich und machte einen Schritt nach vorn.

Nachdenklich biss ich mir auf die Unterlippe. Das konnte doch nicht sein! Wieso sollte ich mich überhaupt bei dieser Kälte auf einen Strohhaufen legen?

Ich zuckte zusammen, als ich sah, wie eine Maus ins Mauerwerk huschte. Ungläubig schüttelte ich meinen Kopf. Ich wollte sofort Antworten haben. Das Gefühl der Unwissenheit machte mir zunehmend Angst.

Mein Atem war deutlich sichtbar, ich bildete mir die Kälte also nicht nur ein.

Ich rubbelte mit meinen Handflächen über meine Oberarme, um etwas Wärme zu erzeugen. Ich hatte nur eine dünne Strickjacke an. Wie war ich nur auf die Idee gekommen, bei diesen Temperaturen eine Strickjacke anzuziehen?

War ich entführt worden? Vielleicht hatte man mich ja mit Chloroform betäubt und hielt mich hier nun fest.

Ein Gefühl der Panik überrollte mich. Ich bemerkte jedoch, dass die Scheunentür offen stand. Ich konnte ein paar Bäume und Schnee erkennen. Mehr nicht. Keine Häuser, keine Menschen ... nichts.

Es war still. Lediglich das Stroh raschelte unter meinen Füßen.

»Hallo?«, rief ich schließlich ins Nichts hinein.

Ob das ein kluger Schachzug gewesen war, wusste ich nicht. Sollte ich wirklich entführt worden sein, wäre es wohl schlauer gewesen, einfach zu rennen. Doch es war kalt und bei diesen Temperaturen würde ich hier draußen in der Natur wohl erfrieren.

Wieder sah ich auf die Taschenuhr. Sie war vermutlich die Lösung meines Rätsels. Das sagte mir zumindest mein Bauchgefühl.

Ich konnte mich sehr vage erinnern, dass im Archiv Sophia bei mir gewesen war. Ich war ins Nichts gefallen, und nun stand ich hier. Träumte ich? Wo befand sich meine beste Freundin?

»Wer bist du?«, ertönte plötzlich eine kräftige männliche Stimme, die mich heftig zusammenzuzucken ließ.

Ich wirbelte herum, und das Stroh unter mir flog in alle Richtung.

Vor mich stand ein junger Mann. Auch wenn er wirklich gut aussah und ich mir lieber seinen athletischen Körper angesehen hätte, konnte ich nicht ignorieren, dass er eine Axt in seiner rechten Hand trug und auch noch so aussah, als wäre er bereit, sie wirklich gegen mich zu benutzen.

Also war ich doch bei einem Massenmörder gelandet.

Scheiße!

So wollte ich wirklich nicht sterben.

Ich ging ein Schritt zurück und hob meine Hände in die Luft.

»Ich bin Ida«, antwortete ich mit zittriger Stimme. Als ob sich ein Massenmörder für meinen Vornamen interessierte, dachte ich innerlich und bereute meine Aussage sofort. Verdammt, es ging hier um mein Leben. »Bitte töte mich nicht. Ich bin doch erst siebzehn und habe mein gesamtes Leben vor mir!«, flehte ich, wobei es mir schwerfiel, die Worte klar auszusprechen.

Die Axt hielt er noch immer hoch erhoben.

War er aus der Psychiatrie ausgebrochen und hatte schon zig Mädchen wie mich im Garten verscharrt? Oder war das alles Teil einer neuen Fernsehshow, die grenzwertige Scherze mit armen jungen Frauen machte? Ich hoffte sehr auf Variante zwei.

»Was willst du hier?«, fragte er lautstark.

Ich zuckte mit den Schultern, und die erste Träne verließ meinen Augenwinkel. »Ich weiß es nicht«, antwortete ich stotternd, aber wahrheitsgemäß. »Ich bin hier aufgewacht. Ich weiß nicht einmal, wie ich hierhergekommen bin.« Moment! Ich stockte. Er hatte gefragt, was ich hier wollte. War nicht er es gewesen, der mich entführt hatte?

Langsam ließ der Mann die Axt sinken, und so etwas wie Mitgefühl zeichnete sich in seinem Gesicht ab. Offenbar erweichten meine Tränen sein Herz.

Er musterte mich von oben bis unten.

Plötzlich glaubte ich nicht mehr, dass er ein Mörder war.

»Bist du auf der Flucht?«, erkundigte er sich und ließ die Axt zu Boden gleiten.

Ich zog meine Stirn in Falten. Ob ich auf der Flucht war? Vor wem denn? War doch ein Massenmörder in der Nähe?

»Ähm, ich weiß nicht.«

»Du weißt es nicht?«, hakte er zögerlich nach.

Ich schüttelte den Kopf und hatte das Gefühl, dass mein Gehirn mich gerade im Stich ließ. Es weigerte sich, mir die Informationen zu geben, die ich einforderte.

Der Mann griff nach einer Decke, die auf den Boden lag und legte sie mir um die Schultern. Seine Nähe verunsicherte mich. Auch wenn ich nicht mehr das Gefühl hatte, dass er mir schaden wollte, vertraute ich ihm dennoch nicht.

»Du bist ja ganz durcheinander. Bist du allein auf der Flucht?«

Es war, als hätte man bei ihm einen Schalter umgelegt. Er war auf einmal so nett.

Ich nickte als Antwort, denn ich sah hier weder meine Familie noch Sophia. Ich war wohl tatsächlich allein.

»Ich bin Adam. Du bist hier sicher.«

Ich nickte, sagte aber nichts. Adam musterte mich wieder, und ich nutzte die Gelegenheit, es ihm nachzutun. Er war ein hübscher Mann. Das konnte ich trotz der absurden Situation nicht abstreiten.

»Hat dich jemand angegriffen?«, fragte er.

»Nein«, antworte ich nach bestem Wissen.

»Aber deine Hose ist zerrissen.«

Ich sah an mir hinunter. Meine Hose wies keinerlei Anomalitäten auf. »Was meinst du?«

»Deine Knie!«, sagte er und zeigte auf meine Beine.

Meinte er tatsächlich die Schlitze in meiner Jeans? War seine Frage ironisch gewesen? Er sah nicht so, als würde er scherzen. Gerade er sollte vorsichtig sein, was Mode betraf, denn Adams Kleidungsstil wirkte eher so, als würde er als Dritter-Klasse-Passagier auf die Titanic gehen.

»Das soll so sein!«, klärte ich ihn auf und kam mir dabei etwas doof vor. Selbst mein Vater hatte akzeptiert, dass unbedeckte Knie modern waren.

»Wie bitte?«, fragte er erstaunlich höflich. »Die Schlitze *sollen* sein? Wozu?«

Ich zuckte mit den Schultern. »Weil es gut aussieht.«

Er schien nun eindeutig an meinem Geisteszustand zu zweifeln.

»Du bist seltsam!«, brachte er schließlich über seine Lippen. »Du trägst mit Absicht zerrissene Hosen, obwohl es eiskalt ist. Du hast einen Ring in der Nase. Und du trägst eine sehr enge Hose. Es ist nicht unbedingt die Zeit, um aufzufallen. Verstehst du, was ich meine?«

Nein, ich verstand, ehrlich gesagt, nur Bahnhof. Und ich wollte, dass dieser blöde Albtraum endlich endete.

»Das ist ein Piercing. Ich trage eine Skinny Jeans, und was meinst du mit ›Es ist nicht unbedingt die Zeit, um aufzufallen‹?«, raunte ich nun etwas gereizt.

»Piercing«, wiederholte er das Wort und tat so, als hätte er es noch nie gehört.

Verkaufte er mich für dumm? Vielleicht war das hier wirklich die versteckte Kamera! Ich konnte jedoch keine entdecken.

»Das habe ich noch nie gehört«, meinte er.

Ich hatte es eigentlich immer nur für ein Gerücht gehalten, dass Leute vom Land etwas hinterwäldlerisch waren, doch nun hatte ich den eindeutigen Beweis vor mir, dass es zumindest ein paar Exemplare von ihnen gab.

»Und was ich mit dem Auffallen meinte«, fuhr er fort, »du solltest vorsichtiger sein. Sonst nehmen sie dich mit.«

»Wer und wohin?«

Seine Augen wurden groß und ungläubig. »Ich weiß ja nicht, wo du herkommst, aber jeder hier weiß, dass sie alle, die ihnen nicht gefallen, ins Lager bringen, und wenn du dort erst einmal sitzt, bist du verloren. Da kommst du nicht mehr raus.«

»Lager?«, fragte ich und musste fast lachen. Wovon redete er? »Und wer sind *sie*?«

»Die Nazis«, antwortete Adam und schien nun wirklich um meinen Geisteszustand besorgt zu sein.

»Die Nazis?«, wiederholte ich langsam. »Nichts für ungut, aber Nazis bringen schon lange keine Leute mehr in Lager. Die Zeiten sind zum Glück vorbei.«

»Nein«, widersprach er. »Die Nazis sind noch immer an der Macht. Zumindest bei uns, und sie haben keine Skrupel.«

Der arme Kerl schien wirklich verängstigt. »*Du* brauchst dir mit deinen blauen Augen und den blonden Haaren doch keine Sorgen zu machen. Hitler hättest du gefallen«, scherzte ich, doch Adam zog nicht einmal für eine Millisekunde seine Mundwinkel nach oben.

»Man sollte darüber nicht scherzen. Hitler ist ein gefährlicher Mann, der das Deutsche Reich in den Ruin treibt.«

»Das Deutsche Reich?«

»Ja.«

»In welchem Jahr lebst du denn bitte?«

»1942.«

Er sagte es so ernst, dass ich seltsamerweise nicht lachen musste, sondern an mir selbst zu zweifeln begann.

Und dann fiel der Groschen.

Die Taschenuhr! Georg Freimann von Hissenburg. Zeitreisen.

Ich glaubte Adam. Jedes einzelne Wort. Denn es machte Sinn.

Das hier war wirklich 1942, und ich war mitten im Zweiten Weltkrieg gelandet.

Scheiße!

Mein Blut sackte aus meinem Gesicht, und ich war mit Sicherheit leichenblass.

»Geht es dir gut?«, wollte Adam besorgt wissen.

»Mein Kopf«, sagte ich nun als Entschuldigung und versuchte irgendwie meine Gedanken zu ordnen. Ich musste hier weg. »Ich habe mir vorhin den Kopf angeschlagen.«

»So etwas dachte ich mir schon. Du sprichst ein wenig wirr. Setz dich am besten!«

Das tat ich, denn ich brach gerade in komplette Panik aus. Zu viele Ängste kamen zusammen. Zu viele Fragen. Zu viele Gedanken. Aber vor allem eine Frage: Wie kam ich hier wieder weg?

Adam setzte sich neben mich ins Stroh. Er war groß und schlank. Man konnte an ihm kein Gramm Fett erkennen. Im Gegensatz zu der Welt, aus der ich kam, war das jedoch kein Zeichen von Verzicht und Disziplin, sondern vielmehr von Not und Hunger. Er war blass und hatte dunkle Ringe unter den Augen. Man konnte ihm ansehen, dass er schwere Zeiten durchmachte.

O mein Gott, ich war wirklich in der Vergangenheit gelandet. Aber warum und wie was das möglich?

Ich konnte nicht wirklich in der Zeit gereist sein. So etwas ging doch gar nicht!

Und doch: Fakt war, ich befand mich in dem Reich, in dem Adolf Hitler an der Macht war.

Für mich war er immer nur eine schreckliche Witzfigur mit hässlichem Schnauzer gewesen, über dem man sich lustig hätte machen können, wenn das, was er getan hatte, nicht so fürchterlich gewesen wäre. Hier, in meiner neuen Realität, war er eine echte Bedrohung.

Adam tat mir unglaublich leid. Die Situation mit der Axt war nun vollkommen verständlich. Es war Krieg. Man konnte keinem trauen.

»Versteckt ihr euch hier?«, tastete ich vorsichtig nach seiner Lebensgeschichte und versuchte mir mein Entsetzen nicht anmerken zu lassen.

Er sah zu mir, und ich konnte erkennen, wie er mit sich rang. Adam war sich nicht sicher, wen er vor sich hatte. »Bis vor ein paar Jahren haben wir noch in der Stadt gewohnt, aber dort war es nicht mehr sicher. Mit zwei befreundeten Familien sind wir dann hierhergekommen«, sagte er schließlich.

»Seid ihr Juden?«

Mit großen Augen starrte er mich an. War das eine verbotene Frage?

»Nein, sind wir nicht«, antwortete er sofort.

»Okay.«

Er zog zögernd seine Augenbrauen zusammen.

»Du sprichst anders. Du benutzt Wörter, die ich noch nie zuvor gehört habe. Darf ich fragen, wo du herkommst?«

»Aus Hoxberg, einer kleinen Stadt.« Ich sah, wie meine Hände vor Panik zitterten, und war mir nicht mal sicher, ob es überhaupt eine Stadt mit diesem Namen gab, doch je fiktiver, desto besser. Immerhin konnte er nicht googeln, ob es Hoxberg wirklich gab.

»Die Stadt kenne ich nicht.«

»Sie liegt auch sehr weit weg.«

Er nickte.

Wenn ich ihn so betrachtete, dann sah er eigentlich noch sehr jung aus. Vermutlich nicht viel älter als ich. Seine Ernsthaftigkeit ließ ihn so alt aussehen.

»Wie ist das Leben hier so?«, fragte ich und musterte die Taschenuhr in meiner Hand. Damit würde ich doch irgendwie zurückkommen! Oder nicht?

Er nahm sich einen Strohhalm und spielte damit zwischen seinen rissigen Fingern.

»Es ist in Ordnung. Viele haben es schlechter. Aber gerade jetzt im Winter ist es hart. Wir haben nicht viel zu essen, und auch die Tiere kommen nicht alle durch. Wir müssen ständig in den Wald, um Holz zu holen. Du kennst das ja sicher. Der Schnee weicht schnell die Schuhe durch. Da bekommt man rasch Erfrierungen.«

Die Vorstellung, selbst Brennholz zu holen, sich von seinen eigenen Erzeugnissen zu ernähren und unter einfachsten Bedingungen zu leben, war für mich kaum greifbar. Ich wollte heulen. Heulen, weil dieser arme Kerl in eine Scheißwelt hineingeboren worden war, und heulen, weil ich jetzt auch hier war.

»Du hast kein Dach über dem Kopf, oder?«, fragte er mit Sorge im Gesicht.

Es war irgendwie ... süß. Er kannte mich nicht, und trotzdem schien er um mein Wohlergehen besorgt zu sein.

»Ich komme schon zurecht!«, gab ich mich zuversichtlich. Ich setzte alles darauf, wieder zurückzukommen, doch ich konnte es schlecht vor seinen Augen ausprobieren.

»Mir ist nicht wohl dabei, dich allein zu lassen. Es ist für eine Frau sehr gefährlich, ohne Begleitung zu sein.«

Ich lächelte schwach. Zumindest versuchte ich es. »Mach dir um mich keine Sorgen!«, versuchte ich, stark zu klingen, auch wenn die Angst mich fast lähmte. Ich stand entschlossen, aber mit weichen Knien da und umklammerte angespannt die Uhr. Daran hing mein Schicksal. »Ich muss jetzt gehen!«

Er wirkte nachdenklich. »Pass auf dich auf!«, kam es schließlich über seine Lippen, ohne zu widersprechen.

Er meinte diese Worte wirklich ernst. Das konnte ich ihm ansehen.

»Das Gleiche gilt für dich!«

Er nickte, und ich konnte so etwas wie Angst in seinem Blick sehen. Ein zuversichtlicher, junger Mensch sah definitiv anders aus.

»Mach's gut! Vielleicht sehen wir uns einmal wieder«, rief ich, schenkte ihm noch einen Blick und verschwand dann schnellen Schrittes aus der Scheune. Sobald ich draußen war, begann ich hektisch an der Uhr herumzufummeln. Wo war der verdammte Schalter, der mich hierher gebracht hatte?

Vor Kälte waren meine Finger ganz taub geworden. Jetzt, wo ich allein hier draußen stand, begann ich erst das ganze Ausmaß zu begreifen. Was, wenn ich hierbleiben musste? Was, wenn ich hier festsaß? Ich war verloren. Keinen Tag würde ich es hier aushalten.

Tränen schossen mir in die Augen.

Ich drehte an dem kleinen Zeigerrad, und dann fiel ich erneut in tiefe Dunkelheit. Mein Körper wurde zusammengepresst und bewegungsunfähig. Ich konnte nur hoffen, dass ich in der Gegenwart wieder aufwachte und nicht im Mittelalter – oder gar in der Zeit von T-Rex und seinen niedlichen Freunden.

Kapitel 4 Die Flucht

»Ida!«

Ich wünschte, ich wäre Dornröschen und könnte für hundert Jahre die Augen geschlossen halten. Mein Körper war schlaff wie ein Regenwurm. Selbst meine Augenlider schafften es nicht, meinen Pupillen eine freie Sicht zu ermöglichen.

»Ida!«

Ein brennender Schmerz breitete sich auf meiner Wange aus.

»Bist du bescheuert?«, fand ich meine Sprache wieder und richtete mich schlagartig auf. Meine Muskeln erinnerten sich wieder an ihre Aufgaben. »Hast du mir gerade eine geknallt?«

Noch nie hatte ich in Sophias Gesicht so etwas wie Blässe erkennen können – dazu war ihr natürlicher Teint einfach zu dunkel –, doch nun war ihre Haut erschreckend blass. Ihr Blick war musternd auf mich gerichtet. Für eine Weile sahen wir uns still an. Während ich mir die Hand kühlend auf meine Wange legte, versuchte mein Gehirn einen sinnvollen Satz hervorzubringen.

»Wo warst du?«, durchbrach Sophia unerwartet die Stille und sah dabei aus, als wäre sie von einem Dämon besessen.

Konnte sie sich vielleicht mal einen Stressball besorgen, anstatt mich als solchen zu anzugehen? »Schrei nicht so!«

Sie atmete einmal tief ein und wieder aus, offenbar, um sich zu sammeln.

»Wo warst du?«, wiederholte sie es in einem deutlich ruhigeren Ton und schien um Selbstkontrolle bemüht.

Ich runzelte nachdenklich meine Stirn. »Ich ...«, begann ich, stockte dann aber.

Ja, wo war ich gewesen?

»Du warst einfach weg«, flüsterte Sophia, und Tränen standen ihr in den Augen. So ganz begriff ich die Situation noch immer nicht. »Du hast die Taschenuhr in der Hand gehabt und irgendetwas gedrückt, und dann warst du plötzlich weg. Es war verrückt. Ich meine, du bist doch nicht wirklich in der Zeit gereist, oder? So etwas geht doch gar nicht! Aber man kann auch nicht einfach so verschwinden. Also sag mir bitte, was los war? Ich bin hier in den letzten Minuten nämlich fast durchgedreht.«

Sophia ließ sich auf den Boden sinken und lehnte sich gegen die Regale. Es gab keinen Zweifel daran, dass sie mit dem Nerven am Ende war. Selbst ihre Haare waren vollkommen außer Kontrolle geraten und standen in alle Richtungen ab.

Ich starrte derweil ins Leere, während vor meinem inneren Auge ein blonder, gut aussehender Mann erschien. »Ich war im Krieg«, kam es über meine Lippen, ohne dass ich darüber nachgedacht hatte.

»Krieg? Was für ein Krieg?«, stotterte Sophia.

Nur langsam begriff ich, was passiert war. Die Begegnung mit Adam war zu real, um nur ein Traum gewesen zu sein. Ich war tatsächlich dort gewesen. Ich war in der Zeit gereist. Das war keine Illusion. Dieser Fall in die Dunkelheit, das Gefühl, zusammengedrückt zu werden: Das war alles Teil einer Zeitreise gewesen. Georg Freimann von Hissenburg war offenbar der erste Mensch auf dieser Welt gewesen, der es geschafft hatte, eine Methode zu entwickeln, mit der man durch die Epochen reisen konnte.

»Der Zweite Weltkrieg«, antwortete ich mit einem Kloß im Hals. »Ich war dort.«

»Um Gottes willen! Was? Ein Glück, dass du noch lebst!«

Ich nickte. Ja, ich lebte, aber was war mit Adam? Sein Gesicht ging mir nicht aus dem Kopf. Er war mir so vertraut gewesen.

»Dir ist nichts passiert, oder?«, versicherte sich Sophia, nachdem sie den ersten Schock offenbar überwunden hatte.

»Mir geht's gut.«

»Was hast du denn gesehen?«

Offenbar war Sophia wieder in den Sinn gekommen, dass sie Geschichte mehr liebte als alles andere auf dieser Welt. Und ihre Wissensgier musste jetzt gestillt werden.

»Nicht viel. Da waren nur eine Scheune und ein junger Mann.«

»Hast du mit ihm gesprochen?«

»Ja, er hat mir auch gesagt, in welchem Jahr ich gelandet bin. Viel geredet haben wir aber nicht. Sobald ich realisiert hatte, dass ich mich im Zweiten Weltkrieg befand, wollte ich nur noch weg.«

»Das war auch gut so. Dir hätte sonst was passieren können.«

Ich nickte zustimmend, musste aber auch gleichzeitig an Adam denken. Ich wollte ihm helfen. Er hatte ausgemergelt und traurig ausgesehen.

»Was machen wir denn jetzt?«, fragte Sophia erwartungsvoll. »Hast du eine Ahnung, was wir hier gefunden haben? Man kann mit dieser Uhr in der Zeit reisen!« Ihr Schock war nun purer Euphorie gewichen. »So viele Wissenschaftler träumen davon. Wir könnten an die Presse gehen und ganz viel Geld verlangen. Wir könnten damit reich werden. Außerdem könnte man damit unglaubliche Forschungen betreiben und ...«

»Die Uhr gehört doch gar nicht uns«, warf ich ein, obwohl es für mich so oder so nicht infrage kam, damit Geld zu machen oder Aufmerksamkeit zu erregen.

»Stimmt, aber es weiß auch keiner, dass sie in der Kiste war. Schon vergessen, dass wir dafür zuständig sind zu registrieren, *was* in diesen Kisten ist? Wir könnten einfach sagen, dass wir sie bei einem von uns auf dem Dachboden gefunden haben.«

»Ich will sie aber nicht weggeben.«

Unverständlich sah mich Sophia an. »Wieso? Was willst du damit? Es ist viel zu gefährlich, auf eigene Faust in der Zeit zu reisen. Das sollte man wirklich Profis überlassen. Einerseits könnte dir in der Vergangenheit Schlimmes passieren. Andererseits könnte es sich aber auch fatal auf die Gegenwart auswirken. Damit ist wirklich nicht zu spaßen.«

Es war verrückt, doch wer sagte, dass das Gehirn immer rational war? Menschen waren doch alle irgendwie verrückt. Das lag in unserer Natur. Oder wie erklärte man sich sonst die ganzen Dummheiten, die die Menschheit fabriziert hatte und immer noch fabrizierte? Männer, die Bierflaschen mit ihren Zähnen öffneten, obwohl ein Flaschenöffner daneben lag, Frauen, die hohe Schuhe trugen, obwohl flache viel bequemer waren, oder das Rauchen, obwohl jeder wusste, dass man daran sterben konnte. Auch wenn es keinen Sinn ergab, machte man es trotzdem, und so ging es mir in diesem Moment auch.

»Ich will zu ihm zurück«, lautete meine knappe Antwort.

Sophia tat so, als würde sie sich verschlucken. Mit großen, entsetzten Augen starrte sie mich an.

»Ich will Adam noch mal sehen. Vielleicht kann ich ja etwas für ihn mitnehmen, um ihm zu helfen«, fügte ich mit Nachdruck hinzu.

Sophia schüttelte so heftig den Kopf, dass man meinen konnte, sie litt unter einer Zwangsstörung.

»Das kann nicht dein Ernst sein! Niemand geht freiwillig in die Zeit, in der Hitler an der Macht war.«

Da mochte sie recht haben, aber so einfach war es nicht.

Ich sah auf die Taschenuhr, die noch immer in meiner Hand lag. Aufgrund des Gewichts ging ich davon aus, dass sie nicht nur vergoldet war, sondern aus massivem Gold bestand. Doch sie hatte einen so viel größeren Wert.

»Ich kann doch jederzeit zurückkehren«, versuchte ich die Situation runterzuspielen.

»Ja, du kannst aber auch jederzeit erschossen werden!«

»Da war doch keiner. Das war eine Scheune im Nichts.«

»Ida, das ist der Zweite Weltkrieg. Hast du im Unterricht nicht aufgepasst, oder was? Da kannst du überall sterben. Schon mal was von Fliegerbomben gehört?«

Mir erschien die Gefahr, von einer Bombe oder einer Kugel getroffen zu werden, zu abstrakt. Es hatte eigentlich sogar richtig idyllisch gewirkt, dort, wo Adam gewesen war. Es hatte nur Felder und Wälder gegeben. Niemand würde dort eine Bombe abwerfen.

»Du gehst da nicht zurück«, entschied Sophia. »Am besten geben wir sie irgendwelchen Historikern. Überleg mal, was man mit dieser Uhr machen könnte! Man könnte sogar den Zweiten Weltkrieg verhindern!«

»Nein, könnte man nicht«, widersprach ich, denn mir war etwas klar geworden. »Man reist exakt 75 Jahre zurück. Erinnerst du dich an den Spruch: ›Die Zeit fliegt dahin. Willst du der Pilot sein? Die Nadel bringt dich an den Ort deiner Begierde. Doch denk daran: An der 75 ist nichts zu ändern.‹ Man kann immer nur 75 Jahre zurück, und zwar auf den Tag genau. Ich war 1942 da, und zwar auch im Winter. Das passt! Ich wette mit dir, dass die 75 dafür steht. Das würde absolut Sinn machen.«

»Aber selbst, wenn man wirklich immer nur exakt 75 Jahre zurückreisen, könnte man noch sehr viel andere schlimme Dinge verhindern. Terroranschläge zum Beispiel, und man könnte vor Naturkatastrophen die entsprechenden Gebiete evakuieren. Überlege doch mal, was in den letzten 75 Jahren alles passiert ist und wie viele man retten könnte. Man könnte die nächsten 75 Jahre damit verbringen, die letzten 75 Jahre auszubessern.«

Ich lachte verbittert. »Komm schon, Sophia! Du solltest genug Zeitreisefilme gesehen haben, um zu wissen, dass das unsere Gesellschaft in extremer Form verändern würde. Wir beide würden vielleicht gar nicht existieren, und vielleicht wäre die Welt sogar noch schlechter. Kein Wissenschaftler wäre so dumm und würde etwas in der Vergangenheit ändern, denn du weißt nie, was das für weitreichende Konsequenzen nach sich ziehen könnte.«

Sophia schwieg, was ich als Zustimmung interpretierte.

Die Uhr in meinen Händen war mächtig. Nur nach und nach wurde mir das klar. Durchtriebene Menschen könnten damit sogar die Weltherrschaft an sich reißen, doch ich wollte eigentlich nur diesen einen jungen Mann retten.

»Du würdest aber auch die Vergangenheit ändern, wenn du dem Kerl hilfst.«

»Das ist ein einziger Mensch. Mehr nicht. Damit werde ich nicht die Geschichte der Welt neu schreiben.«

»Aber ...«

»Bitte«, flehte ich nun. »Ich will ihm helfen.«

»Warum? Warum ausgerechnet ihm? Du kennst ihn gar nicht.«

»Ich weiß, aber irgendetwas war da zwischen uns. Vielleicht ist es ja unser Schicksal, dass ich ihn rette. Es fühlt sich so an, als wäre das meine Aufgabe. Ich kann nicht mehr ruhig schlafen, wenn ich weiß, dass er so sehr leidet. Er hat nicht mal genug zu essen.«

»Ida«, sagte Sophia einfühlsam. »Das ist 75 Jahre her. Er ist vermutlich längst tot.«

Ich senkte meinen Blick. »Das ändert aber nichts daran, dass ich sein Leben, auch wenn es ein paar Jahrzehnte zurückliegt, verbessern kann.«

Sophia seufzte mitleidend und schien zu begreifen, wie wichtig mir das war.

Dann griff sie nach dem Buch, in das ich die Nadel der Taschenuhr gesteckt hatte. Hastig schob sie es in einen Stoffbeutel. Sie warf mir einen Blick zu, der mir sagte, dass wir zwei nun im gleichen Team spielten. Ich hatte sie auf meiner Seite. Als Außenstehender musste man das nicht verstehen. Als beste Freundin schon.

»Steck die Taschenuhr gut weg!«, zischte sie mir zu.

Schnell ließ ich sie in meine Hosentasche gleiten, während Sophia die Kartons zusammenfaltete und in ihrem Rucksack verschwinden ließ. Niemand würde wissen, dass hier jemals Kisten von Georg Freimann von Hissenburg gelagert waren.

Plötzlich ging die Tür auf. Es hätte keine Sekunde früher sein dürfen.

»Alles in Ordnung bei euch?«, fragte Herr Schmied.

Sophia und ich nickten und ließen uns nichts anmerken.

»Ja, alles gut«, versuchte ich glaubhaft zu klingen. »Es macht wirklich Spaß.«

Er lächelte uns an.

»Sehr schön! Vergesst aber nicht, auch eine Pause zu machen!«

»Nein, tun wir nicht«, versicherte Sophia ihm.

Wir atmeten tief durch, als sich die Tür wieder schloss. Tatsächlich versuchten wir uns wieder auf unsere eigentliche Arbeit zu konzentrieren, doch es war kaum möglich. Meine Gedanken waren in der 40ern und nicht mehr im Hier und Jetzt.

»Wir gehen jetzt!«, ließ Sophia mich schließlich wissen, denn ihr entging nicht, wie abwesend ich war. Sie schnappte sich meine Hand. »Komm, nimm deine Sachen!«

»Aber wir können doch nicht einfach abhauen. Wir müssen doch noch eine Stunde arbeiten.«

Mit unverständlichem Blick drehte sie sich zu mir um. »Ach was! Wir gehen jetzt. Was will er denn machen? Es ist eh unser letzter Tag, und das Abschlusszeugnis hat er uns schon gegeben. Also komm, ehe er irgendetwas merkt! Die eine Stunde ist doch nun wirklich nicht dramatisch.«

Sie zog mich hinter sich her und drückte mir meinen Wintermantel in die Hand.

»Ich will keinen Ärger bekommen«, protestierte ich.

»Den werden wir schon nicht bekommen. Im Notfall sagen wir einfach, dass wir unsere Uhren noch nicht umgestellt hatten.«

»Die Zeitumstellung ist schon Monate her«, merkte ich an.

»Ist doch egal. Dann haben wir die Uhr halt lange nicht mehr getragen. Wir sind Schülerpraktikanten. Das kümmert eh keinen. Los komm! Ich will nicht weiterdiskutieren.«

Hastig schlüpfte ich in die Ärmel meines Mantels. Sophia vermittelte mir gerade den Eindruck, dass wir soeben eine Bank ausgeraubt hatten und nun auf der Flucht vor der Polizei waren. Vermutlich war das auch der Grund, warum mein Adrenalinspiegel ins Unermessliche stieg. Genau genommen war das in meiner Hand auch wertvoller als alles Geld der Welt.

Sophia öffnete die Tür unseres Magazins und lugte einmal nach rechts und einmal nach links.

»Okay, komm!«

Ich folgte ihr einen langen Gang entlang. Ihre Schritte waren ausladend und schnell. In solchen Momenten wurde es mir stets zum Verhängnis, dass ihre Beine Modelmaße hatten und meine, proportionstechnisch betrachtet, auch von einem Dackel stammen könnten.

»Na, habt ihr schon etwas Spannendes gefunden?«, erklang die kratzige Stimme von Herrn Schmied.

Wir erstarrten beide zu Eisskulpturen. Sogar mein Herz machte mit und verzichtete auf ein paar Schläge, um im Anschluss doppelt so kräftig wie sonst zu schlagen.

»Ja, das Tagebuch eines Arztes«, schaffte es Sophia, ein paar Worte über ihre Lippen zu bekommen. »Aber die Schrift ist leider sehr schlecht zu lesen. Wir haben alles notiert, was wir entziffern konnten, und in die Datenbank eingegeben.«

Herr Schmied nickte. »Interessant. Und wo wollt ihr jetzt hin?«

Seinem Unterton konnte man entnehmen, dass er Verdacht geschöpft hatte.

»Raucherpause«, schaltete sich mein Gehirn ein.

Herr Schmied zog beide Augenbrauen hoch. »Ihr solltet in eurem Alter noch nicht rauchen«, ermahnte er uns streng.

Taten wir auch nicht.

»Können wir uns wenigstens einen warmen Tee in der Küche machen?«, warf Sophia ein.

»Es ist so kalt im Magazin«, schob ich zu ihrer Unterstützung nach und rieb mir fröstelnd die Hände über meine Oberarme.

Was für einen Oscar wohl noch zu wenig wahr, reichte immerhin für Herrn Schmied, dessen Gesichtszüge sekündlich weicher wurden.

»Ja, natürlich, das ist okay«, meinte er verständnisvoll.

Mit einem falschen Lächeln dankten wir ihm und begaben uns in Richtung Küche. Sophia drückte den Stoffbeutel dabei fest an sich. Sobald Herr Schmied jedoch in einem Magazin verschwunden war, machten wir kehrt und verließen das Gebäude durch einen Nebenausgang.

Dann rannten wir durch den Schnee und begannen zu kichern. Aus einem Kichern wurde ein Lachen. Unsere Flucht war geglückt und ließ uns euphorisch werden. Wir hopsten wir Rentiere durch den Schnee. Und weil das Schicksal unser Komplize war, kam im passenden Augenblick der Bus. Wir stiegen ein und klatschten uns ab. Geschafft!

»Hey«, zerstörte ein einziges Wort meine Stimmung.

Ich drehte mich um, obwohl ich genau wusste, wer sich hinter mir befand.

Leon.

Er saß mit offenem Anorak da und starrte mich an. Konnte er nicht wie jeder normale Jugendliche auf sein Smartphone glotzen?

Meine Gesichtsmuskeln spannten sich an. Wortlos ging ich an ihm vorbei und setzte mich in die letzte Reihe. Doch kaum hatte ich meine vier Buchstaben in eine angenehme Sitzposition gebracht, stand er auch schon wieder vor mir.

Er war hübsch wie eh und je. Groß, athletisch, dunkler Teint, dunkle Haare, grüne Augen. Schmollmund, lange Wimpern, gepflegte Hände …

»Ida, können wir bitte reden?«

Ich legte meinen Wonach-sieht-es-denn-aus-Blick auf.

Er besaß die Dreistigkeit, sich neben mich zu setzen. Demonstrativ rückte ich ein Stück von ihm weg.

Sophia, die mir gegenübersaß, beobachtete uns zunächst interessiert. Als ich ihr einen vielsagenden Blick zuwarf, schwenkte ihr Blick aus dem Fenster.

Leon seufzte.

Sollte mich das jetzt zu so etwas wie Mitleid bewegen? Sicher nicht.

»Komm schon, Ida! Können wir nicht wie zwei normale Menschen reden?«

Er legte seine Hand auf meinen Oberschenkel, was bei mir die Zündschnur entflammte.

»Fass mich nicht an!«, hallte es durch den Bus.

Sofort hatten wir über den Rückspiegel die Aufmerksamkeit des Busfahrers. Auch andere Augenpaare beobachteten uns neugierig.

»Okay, okay!« Leon zog seine Hand sofort zurück, die Blicke schienen ihm unangenehm zu sein.

Kaum zu glauben, dass ich ihn mal geliebt hatte. Dass ich sogar geglaubt hatte, er könnte der Eine sein. In meinem Kopf hatte ich mir schon Namen für unsere zukünftigen Kinder ausgedacht und was diese für Hobbys haben würden. Ja, ich hatte sogar schon mal gegoogelt, welche Art Hochzeitskleid mir stehen könnte. Eine Zeit lang hatte ich wirklich geglaubt, dass Leon mehr als nur meine Jugendliebe war.

»Ida, es tut mir leid, was geschehen ist. Und ich kann natürlich verstehen, dass du sauer bist, aber das alles ... na ja ... du siehst darin mehr, als es wirklich war und ...«

»Halt einfach die Klappe und hau ab!«, unterbrach ich sein Geschwafel. »Ich will es nicht hören!« Manchmal wünschte ich, ich hätte es nie gesehen. Ich sehnte mich so sehr nach den Zeiten zurück, in der Leon – abgesehen von Sophia – meine größte Stütze gewesen war. Zeiten, in denen er mich liebevoll in den Arm genommen und mir einen Kuss auf die Stirn gedrückt hatte. Zeiten, in denen ich jede Sekunde mit ihm hatte verbringen wollen. Zeiten, in denen ich gedacht hatte, er empfände für mich genau so viel wie ich für ihn.

Leon wirkte verletzt. Zumindest hatten seine Augenbrauen diese ganze bestimmte Form angenommen, und seine Mundwinkel hingen tiefer als sonst.

»Wir müssen aussteigen«, half mir Sophia und griff an diesem Tag schon zum zweiten Mal nach meiner Hand.

Sofort folgte ich ihr.

»Tschüss«, rief Leon mir noch hinterher.

Ich ließ es mir nicht nehmen, ihm den Mittelfinger zu zeigen. Anders verstand er es offenbar nicht.

Draußen wurden wir sofort von einer Schneewolke umhüllt.

»Und jetzt?«, fragte ich ernüchtert, als der Bus wegfuhr und wir allein an der Bushaltestelle standen. »Was machen wir nun?«

»Wir gehen zu mir nach Hause und testen aus, was diese Uhr wirklich kann!«

Ich konnte in Sophias Augen die Abenteuerlust sehen, während hinter meiner Stirn wieder Adam erschien. Ich wollte ihn unbedingt wiedersehen.

Kapitel 5 Das Experiment

»Ich habe ein bisschen Angst«, gestand ich und krallte meine Finger um den Schokoriegel in meiner Hand.

»Du musst das nicht machen«, entgegnete Sophia deutlich besorgt.

»Doch!«, widersprach ich sofort. Adam brauchte etwas zu essen, und was gab es bei dieser Gelegenheit Besseres als einen Schokoriegel? Ich wollte es wenigstens versucht haben. Vermutlich war ich die Einzige, die ihm überhaupt helfen konnte.

»Das Pfefferspray hast du griffbereit, ja?«

Ich nickte und zeigte auf die Beule im Mantel.

»Sehr gut. Von mir aus kann es losgehen. Aber pass bloß auf dich auf!«

Ich hoffte so sehr, dass es klappen würde, den Riegel in die Vergangenheit zu bringen.

Sophia und ich sahen uns an. Was wir hier taten, war irre. Sie schlang ihre dünne Arme um meinen Oberkörper und drückte mich, als würden wir uns nie wiedersehen. Kaum zu glauben, dass ich wirklich gleich in der Zeit herumreisen würde. Gestern hätte ich noch laut losgelacht, doch nun war ich aus tiefstem Herzen davon überzeugt, dass es so etwas wirklich gab.

Ich steckte die Nadel der Taschenuhr, an der noch immer mein Blut haftete, wieder in die Einstichstelle auf der Karte. Ob es wieder funktionierte?

»Pass gut auf dich auf, okay?«, nuschelte Sophia besorgt in meine Schulter, als sie mich zum Abschied noch fester an sich drückte. So langsam schnürte es mir die Luft ab, und ihre Haare kratzten an meinem Hals. »Und bleibe nicht länger als ein paar Minuten, sonst mache ich mir wirklich Sorgen!«

Ich nickte, löste mich aus der Umarmung und drehte das Rädchen an der Taschenuhr.

Ich war bereit.

Tatsächlich geschah es wieder. Auch wenn ich dieses Mal darauf vorbereitet gewesen war, überkam mich erneut ein Gefühl der Panik, denn ich schrumpfte. Zumindest fühlte es sich so an. Der Druck kam von überall. Es zog mich innerlich zusammen, als wäre mein Bauchnabel ein schwarzes Loch. Wieder erklang ein lautes Rauschen, und dann kam diese Dunkelheit. Ich versuchte mir einzureden, dass alles gut werden würde, doch allein das Gefühl des freien Falls versetzte mich in einen Ausnahmezustand.

Ich landete im Stroh.

Erschöpft atmete ich aus und blieb für einen Moment liegen.

Wow! Ich hatte es überstanden. Es hatte wirklich geklappt.

Sogar den Schokoriegel hielt ich noch in der Hand. Offenbar war er mir weder bei den Hippies in den 70ern noch bei den Rock 'n' Rollern in den 60ern aus der Hand gefallen.

Ich trug einen Vintage-Mantel aus Sophias Kleiderschrank, mit dem ich einerseits gut gewärmt und andererseits optisch angepasst war.

Ich stand auf und klopfte mir das Stroh vom Mantel. Es war früher Nachmittag und die Sonne schien.

Vorsichtig verließ ich die Scheune und sah auf die schneebedeckten Felder. Ich musste gar nicht lange nach Adam suchen. Er stand dort mit einer Axt und jeder Menge Holz vor sich. Er war viel zu dünn angezogen und trug bei Minustemperaturen weder Schal noch Mütze. Eigentlich fand ich Latzhosen nur bei kleinen Kindern süß, doch auf sonderbare Art und Weise sah Adam darin erstaunlich attraktiv aus. Wettertauglich war jedoch etwas anderes.

Mein Herz klopfte bei seinem Anblick, was mich in meiner Entscheidung, zurück in die Vergangenheit zu gehen, bestätigte.

Ich ging auf ihn zu. Unter meinen Winterschuhen knirschte der festgefrorene Schnee. Kurz sah ich mich um, doch ich konnte weder Flugzeuge am Himmel noch irgendwelche Soldaten sehen, was mir ein Gefühl von Sicherheit gab. Hier war alles ruhig und seltsam idyllisch. Die einzigen Kämpfe wurden vermutlich von Igel und Hase ausgetragen.

Ich atmete tief ein, denn die Luft war so klar, wie ich es noch nie erlebt hatte.

Je näher ich Adam kam, desto nervöser wurde ich. Schweißperlen standen ihm auf der Stirn. Man konnte sehen, wie all seine Muskeln angespannt waren, um das Holz zu spalten.

Immer wieder schlug er kontrolliert auf die Holzstücke.

»Hallo!«, machte ich mich bemerkbar.

Er drehte sich so schnell mit erhobener Axt in meine Richtung, dass ich meinen Kopf schon rollen sah. Ich schrie auf und stoppte selbst dann nicht, als er die Axt sinken ließ.

»Du hast mich zu Tode erschreckt!«, stieß Adam ebenfalls geschockt hervor, während ich mir selbst die Hand vor den Mund hielt, um meinen Schrei abzudämpfen.

Wem sagte er das? Er hätte mich beinahe geköpft und das, Jahrzehnte, bevor ich überhaupt geboren worden war.

»Du mich auch!«

»Was tust du hier?«, stieß er atemlos hervor.

Genau genommen war es meine Mission gewesen zu sehen, ob ich einen Schokoriegel in die Vergangenheit bringen konnte. »Ich habe dir etwas mitgebracht.«

Sein Gesicht zeigte eine Mischung aus Verwirrung und Neugierde.

Ich streckte ihm den Riegel entgegen. Während sich jeder normale Teenager meiner Zeit darüber gefreut hätte, sah Adam mich an, als würde ich ihm eine Nacktschnecke mit Popelkruste anbieten.

»Das ist Schokolade. Schau, du musst es auspacken!«, erklärte ich ihm in Kindersprache und wickelte für ihn das Papier ab. Der köstliche Duft stieg mir in die Nase.

»Woher hast du Schokolade?«, fragte er misstrauisch.

»Ist doch nicht wichtig.«

»Doch. Sie könnte vergiftet sein!«

Ich erkannte leichte Anzeichen von Paranoia. »Ich will dich doch nicht vergiften! Was denkst du denn?«, fragte ich mit rollenden Augen.

»Du vielleicht nicht, aber weißt du, wer diese Schokolade gemacht hat?«

Nein, das wusste ich nicht, aber ich dafür wusste ich, dass der Discounter um die Ecke keine vergifteten

Schokoriegel verkaufte. Das konnte ich ihm allerdings schlecht sagen. Also biss ich spontan rein, kaute und schluckte die Schokolade demonstrativ herunter. »Siehst du, ich lebe noch, und jetzt iss. Du brauchst Energie!«

Nächstes Mal würde ich ihm deutlich mehr mitbringen als nur einen kleinen Riegel. Adam sah wirklich dünn aus. Zwischen Haut und Muskeln gab es keine Fettschicht mehr.

Wieder zögerte Adam, doch vermutlich trieb es der Hunger rein. Er biss ab. Gebannt beobachtete ich sein Gesicht. Erst war es skeptisch, dann überrascht. »Das ist doch keine Schokolade!«

O doch! Und zwar die beste! »Karamell und Nüsse sind auch drin.«

Er steckte sich den Rest in den Mund und sah plötzlich richtig glücklich aus. Wie ein kleines Kind, das zum ersten Mal in den Genuss von Industriezucker kam. Der Schokoriegel-Effekt war offenbar zeitlos. Seine Vergiftungstheorie war wie verflogen, und er genoss jeden Bissen.

»Gut, oder?«

Er nickte. »Ja, das ist sehr gut. Woher hast du das?«

Ich legte meinen Finger auf meine Lippen und grinste. Es freute mich, dass ich ihn für diesen Moment glücklich machen konnte. »Geheimnis!«

Er lächelte auf eine sehr liebenswürdige Art und Weise und war damit noch süßer als der Riegel. Irgendwie war es schon komisch, dass das hier die Vergangenheit sein sollte. Für mich war der Zweite Weltkrieg immer nur schwarz-weiß gewesen. Etwas, das irgendwann mal passiert war und im Geschichtslehrplan stand. Aber das hier war real. Die Menschen waren aus Fleisch, Blut und Emotionen und nicht nur zweidimensionale Abbildungen in meinen Schulbüchern.

»Wollen wir zusammen eine Pause machen?«, schlug Adam vor.

»Gern«, stimmte ich zu. »Wo sind denn überhaupt all die anderen?«

»Die Frauen sind drin und kümmern sich um den Haushalt. Ansonsten gibt es nur noch meinen Vater und einen ehemaligen Nachbarn von uns. Die sind im Wald und holen Brennholz.«

Ich musste mich wohl damit abfinden, dass Emanzipation hier so viel Anklang fand wie bei den Erzkonservativen.

»Mein Bruder versucht, ins Ausland zu fliehen. Aber wir haben schon lange nichts mehr von ihm gehört«, schob er nach und mir damit noch einen Kloß in den Hals.

Hier herrschte wirklich Krieg. Das musste ich mir immer wieder bewusst machen. Ich traute mich nicht nachzuhaken.

»Setzen wir uns in die Scheune«, schlug ich vor, denn ich wollte von seiner Familie nicht gesehen werden.

Zum Glück widersprach er nicht.

Wir setzten uns in den Strohhaufen, in dem ich vorhin gelandet war, und legten eine Decke über unsere Beine. Er war ein Fremder, aber es fühlte sich erstaunlich vertraut an, hier neben ihm zu sitzen. Noch nie zuvor hatte ich einem Unbekannten gegenüber so eine starke Verbundenheit empfunden. Ich genoss seine Nähe, obwohl ich kaum etwas über ihn wusste.

Ob es ihm auch so ging?

»Wie alt bist du?«, fragte ich, um eine Unterhaltung in Gang zu bekommen, denn Redegewandtheit war offensichtlich nicht seine Stärke.

»18. Und du?«

»17«, antwortete ich und war froh, ihm einmal die Wahrheit sagen zu dürfen.

»Wo ist denn deine Familie?«, erkundigte er sich.

»Weit weg!« Ich wünschte, ich könnte offen mit ihm sprechen, doch ich befürchtete, dass ihn meine Zeitreisegeschichte wohl eher verstören würde.

»Adam!«, ertönte plötzlich eine zarte Stimme, die mich aufschrecken ließ.

Ein kleines Mädchen in einem roten Mantel stand vor mir und sah mich neugierig an. Sie war nicht älter als sieben, hatte aber den Stil einer echten Lady. Ihre blonden Locken fielen elegant bis zu ihren Schultern, und die schwarzen Lackschuhe hatten sogar einen kleinen Absatz. Kein Vergleich zu meinen Outfits, als ich sieben Jahre alt gewesen war. Dass Pippi Langstrumpf immer mein großes Vorbild gewesen war, hatte sich auch im konsequenten Tragen von sich beißenden Farben widergespiegelt. Frei nach dem Motto: Ich mach mir die Welt, wie sie mir gefällt.

»Anna, du sollst doch im Haus bleiben!«, sagte Adam streng, woraufhin der kleine Blondschopf schuldbewusst nach unten sah.

»Ich wollte nach dir sehen!«, murmelte sie.

»Das geht nicht! Das weißt du!«

»Ich habe dich vermisst!«

Adams Augen wurden weicher, doch der Rest des Gesichtes behielt seine Strenge. Dann fiel der Blick des Mädchens auf mich.

Ich winkte ihr vorsichtig. »Hallo, wer bist du denn?«, fragte ich mit meiner lieblichsten Stimme, um Adams Tonfall abzuschwächen. Ich lächelte sie freundlich an, da sie deutlich eingeschüchtert zu sein schien. Es stand aufgrund der Optik außer Frage, dass sie Adams kleine Schwester war. Die Haare, der Mund, die Augen: So sahen Geschwister aus.

»Anna, nicht wahr? Ich bin Ida«, stellte ich mich vor und gab ihr die Hand. Zumindest versuchte ich es.

Sie hielt ihre eigenen Hände hinter ihrem Rücken versteckt und sah mich schüchtern an.

Ich wünschte, ich hätte noch ein Stück Schokolade für sie gehabt, denn Anna wirkte ebenfalls dünn und zerbrechlich. Es war so unfair. Sie war so klein und konnte nichts für die grausamen Dinge in ihrer Welt.

Doch dann fiel mir wieder ein, dass meine Finger vorhin etwas in meiner Jackentasche getastet hatten, das ich nun im Nachhinein identifizierte.

Ich zog ein Kaubonbon aus meiner Jackentasche. Besser als nichts.

»Für dich!«

Ich legte es auf meine Hand und streckte es ihr entgegen.

Sie lächelte mich breit an und griff zu. Schnell hatte sie das Papier abgewickelt und den Bonbon in den Mund gesteckt. Adam hatte es wortlos zugelassen, was mir sagte, dass er mir zumindest bis zu einem gewissen Grad vertraute.

»Das ist ganz süß!«, piepste sie in ihrer Kinderstimme.

Adam schenkte mir ein Lächeln, und es sagte mir mehr als nur Danke. Es zeigte mir auch, wie sehr Adam seine Schwester liebte.

»Anna, bedanke dich, und geh zurück ins Haus. Es ist kalt und gefährlich draußen«, ließ er den großen Bruder wieder raushängen.

»Ich will nicht rein! Ich will einen Schneemann bauen!«

Sie zog eine Schnute.

»Dabei wird dir aber ganz kalt werden und du bekommst Schnupfen. Du hast nur diesen einen warmen Mantel, und im Haus ist es kalt genug. Ab, rein mit dir!«

»Bitte, Adam! Nur einen ganz kleinen Schneemann! Es ist drinnen so langweilig«, flehte sie.

Ja, die Langeweile konnte ich mir ohne Fernseher, PC und Smartphone vorstellen.

»Anna, deine Finger werden doch sowieso immer so schnell kalt.«

Eine Tränenflut nahte. Die Augen der Kleinen röteten sich, und die Mundwinkel zogen sich nach unten. Das waren die eindeutigen Anzeichen eines drohenden Trotzanfalls.

Ich zog meine Handschuhe aus und gab sie Anna. Dann legte ich ihr meinen Schal um.

»Komm, du ziehst die an, und dann bauen wir schnell einen Schneemann, einverstanden?«

Die Tränen verebbten schneller als ein Lichtblitz am Himmel, und kindliche Freude breitete sich aus.

Sofort nahm sie meine Handschuhe und zog sie sich über. Adam hatte nicht einmal die Gelegenheit zu widersprechen. Also rannten wir raus in den Schnee und formten drei kleine Kugeln, die wir aufeinanderstapelten. Ich bestand darauf, den Schneemann Olaf zu nennen, während Anna die Nase aus einem Strohhalm bastelte.

»Du kannst gut mit Kindern«, hörte ich Adams Stimme sanft sagen, als Anna gehorsam ins Haus verschwand und mir noch einmal zuwinkte, ehe sie die Tür hinter sich schloss.

Ich drehte mich zu Adam um und sah Zufriedenheit in seinen Augen. Annas Wohlergehen schien ihm sehr am Herzen zu liegen. Wir tauschten Blicke aus, die sich vertraut anfühlten – so, als würden wir uns schon länger kennen als einen Tag.

»Du hast aber auch eine süße Schwester.«

Er lächelte.

Es war ein so schönes Lächeln. Seine Zähne waren weiß und gerade, was angesichts der Tatsache, dass es weder Zahnspangen noch richtige Zahnpasta gab, mehr als respektabel war.

»Ja, das ist sie. Trotz all der Umstände schafft sie es immer, fröhlich zu sein. Dafür bewundere ich sie sehr. Die jetzigen Zeiten lassen das bei mir nur selten zu.«

Krieg. Wieder war Krieg das Thema. Es schien nichts anderes in seinem Kopf zu geben.

»Adam«, sagte ich. »Merkst du, dass du ständig nur vom Krieg sprichst? Schalt doch mal ab! Du kannst eh nichts dran ändern! Lass dich nicht ständig runterziehen, und denk mal an etwas anderes!«

Seine Gesichtszüge änderten sich schlagartig. Er tat fast so, als würde ich in einer fremden Sprache mit ihm reden. »Was sagst du da?«

»Dass du leben sollst! Ja, es ist Krieg und ja, Menschen sterben, aber du musst doch trotzdem ein paar Momente im Leben haben, die es lebenswert machen!«

Er schüttelte den Kopf.

Ich musste zugeben, dass ich eine Fremde für ihn war, keine Ahnung von seiner Situation hatte und im

Vergleich zu ihm im puren Luxus aufgewachsen war. Und ja, vermutlich war ich auch naiv, aber trotzdem hatte ich mir den Kommentar nicht verkneifen können. Er würde ohne Lebensfreude kaputtgehen.

»Und wie soll das deiner Meinung nach funktionieren?«, entgegnete er sichtlich genervt.

Ich brauchte gar nicht lange zu überlegen. Er musste lernen, wie man Spaß hatte, auch wenn die Welt um einen herum zu zerbrechen drohte.

Ich griff in den Schnee und drückte ihm eine Fuhre davon ins Gesicht. Er sah mich erschrocken an. Also tat ich bei mir das Gleiche, um ihn aufzuheitern. Ja, es sah blöd aus und ich machte mich zum Affen, doch es funktionierte.

Er fing an zu lachen. »Du bist verrückt!«, rief er. »Und so kindisch!«

Vielleicht war ich das wirklich.

Ich formte einen Schneeball und warf ihn in seine Richtung. Er wich gekonnt aus. Nun langte auch er nach dem Schnee und versuchte, mich damit abzuwerfen. Doch ich sprang ihm in seinen Wurfarm und hielt ihn fest. Wir begannen, unter lautem Gelächter zu rangeln, und fielen in den Schnee.

Hoffentlich konnte er sich später an einem Feuer aufwärmen.

Endlich hörte ich ihn lauthals lachen. Es war ein tiefes Lachen, das sehr männlich klang. Kleine Fältchen bildeten sich dabei um seine Augen. Es war eiskalt, und wir hatten einfach nur Spaß. Und trotzdem: Nächstes Mal musste ich ihm unbedingt Wärmflaschen und Decken mitbringen.

Im Schnee rauften wir uns wie kleine Kinder. Immer mit dem Ziel vor Augen, das Gesicht des anderen in den

Schnee zu drücken. Er kam mir dabei unglaublich nahe, und irgendwann lag ich auf dem Rücken unter ihm. Seine Hände fixierten meine Arme.

Wir sahen uns in die Augen, und es wäre der perfekte Kuss-Moment gewesen. Von seiner Nase tropfte geschmolzener Schnee. Seine Wangen waren ganz rot geworden und die Haare zerzaust. Sein akkurater Scheitel war nicht mehr zu sehen, und das sah bei ihm erstaunlich gut aus.

Da Adam von Hollywoodfilmen und somit auch von perfekten Kuss-Momenten wohl keine Ahnung hatte, blieb der Kuss aus. Stattdessen rollte ich uns so, dass er nun auf dem Rücken lag und ich über ihm kniete.

»Schließ die Augen«, befahl ich ihm.

Er gehorchte sofort. Witzigerweise stellte ich fest, dass er seine Lippen leicht spitzte. Offenbar hatte sich doch schon in den 40ern des 20. Jahrhunderts der perfekte Moment für einen Kuss herumgesprochen.

Plötzlich fiel mir jedoch wieder ein, dass ich Sophia versprochen hatte, nur ein paar Minuten in der Vergangenheit zu bleiben. Nur um das Schokoriegel-Experiment durchzuführen. Ein Blick auf die Uhr sagte mir aber, dass ich hier schon über eine Stunde war.

Verdammt.

»Ich komme wieder«, sagte ich hastig. »Versprochen!«

Ich gab Adam einen ganz kurzen Kuss auf die Lippen, ehe er die Augen öffnen konnte, und drehte dann an dem Rädchen der Taschenuhr.

Kapitel 6 Die Tränen

»Ida!«, kreischte Sophia heulend.

Sofort fiel sie mir um den Hals und drückte mich so fest wie möglich an sich. Ich befürchtete, dass sie mir gleich die Knochen brechen würde.

»Ich dachte, du bist tot«, sagte sie vollkommen aufgelöst. »Was ist passiert? Geht es dir gut? Bist du verletzt? Hat man dir etwas getan?«, ratterte sie in Rekordzeit ihre Fragen herunter. »Was war denn nur los? Ich hatte solche Angst! Ich dachte, du wärst tot oder würdest nie wiederkommen! Ich wusste nicht, was ich tun sollte! Wir hatten doch besprochen, dass du nur ein paar Minuten dortbleibst! Ich habe mir solche Sorgen gemacht!«

»Mir geht's gut«, murmelte ich mit einem schlechten Gewissen.

Es war unglaublich egoistisch gewesen, so lange bei Adam zu bleiben. Erst jetzt wurden mir die Konsequenzen meines Handelns bewusst.

Gleichzeitig erinnerte ich mich noch mit einem Kribbeln im Bauch an unseren Abschiedskuss.

»Aber was ist passiert?«, forderte Sophia mit heiserer Stimme. Noch immer wirkte sie völlig durch den Wind. Sie zitterte, und das lag definitiv nicht an der Kälte.

»Es tut mir so leid«, sagte ich und fand leider keine Formulierung, um mich gut dastehen zu lassen. »Ich habe einfach die Zeit vergessen.« Mein Blick war auf den Boden gerichtet. Ich konnte ihr nicht in die Augen sehen. Sophia hatte jegliches Recht, mich anzuschreien und mir sogar eine zu scheuern. Ich würde es ihr nicht übel nehmen.

»Was? Du hast einfach nur die Zeit vergessen?«, kam es hysterisch über ihre Lippen. »Ich dachte, du wärst tot!«

»Es tut mir leid. Ich …«

»Was?« Sophia sah aus, als würde sie jeden Moment platzen. »Was tut dir leid? Was rechtfertigt, dass ich hier einem Nervenzusammenbruch verdammt nahe war?«

»Es tut mir leid. Wirklich!«, wiederholte ich mich, wie jeder, der wusste, dass er Mist gebaut hatte, und wünschte, das Geschehene rückgängig machen zu können.

»Ida, ich will ja echt nicht wie meine Mutter klingen, aber kannst du dir auch nur annähernd vorstellen, was ich mir für Sorgen gemacht habe? Wir hatten ausgemacht, dass du nur ganz kurz dortbleibst. Erinnerst du dich?«

Ich nickte.

Beim Anblick von Adam hatte ich es einfach vergessen.

Sophia warf ihren Kopf in den Nacken und starrte an die Decke. Sie ließ einen kurzen Wutschrei los, atmete dann tief ein und wieder aus. »Okay«, sagte sie und wirkte wieder gefasster. »Okay, okay, okay«, wiederholte sie, offenbar, um sich zu beruhigen. »Tu das nie wieder! Verstanden?«

Ich nickte sofort. »Nie wieder! Ehrenwort!«

Sophia sah mich lange und mit einschüchterndem Blick an. Sie würde mir diese Situation bestimmt noch öfter vorhalten. Innerlich überlegte ich schon mal, wie viele Packungen Gummibärchen ich ihr als Entschädigung kaufen würde.

»Gut, und jetzt erzähl, was du erlebt hast!«

Wir setzten uns beide auf ihr Bett. Es knarzte laut, denn wie alles andere auch hatte dieses Möbelstück schon antiken Wert. Vom skandinavischen Einrichtungsstil eines riesigen Möbelhauses hielt sie nicht viel.

»Das mit dem Schokoriegel hat geklappt«, startete ich meinen Bericht. »Ich habe Adam wiedergetroffen und wir haben geredet und ...« Ich hielt kurz inne. Sollte ich vom Kuss erzählen? Es war ja nicht einmal ein richtiger gewesen. Nur so eine kurze Lippenberührung. Das als Kuss zu bezeichnen wäre eigentlich übertrieben. Andererseits: Eine beste Freundin, der man gerade fast einen Herzinfarkt verschafft hatte, sollte man wohl nicht anlügen und ihr auch nichts verschweigen. »Und ich habe ihn geküsst. Nur ganz kurz, aber es war trotzdem schön.«

Sophia schlug sich theatralisch die Hände vor die Stirn. »Süße, du bringst mich heute wirklich noch um!«, stieß Sophia hervor. »Du kannst ihn doch nicht einfach küssen. Was soll das? Der Typ hat vor 75 Jahren gelebt und liegt mittlerweile wohl unter der Erde. Sich in ihn zu verlieben macht dich nur unglücklich! Das kann doch gar nicht gut ausgehen!«

Mein Blick verharrte auf Sophia. Ich war gar nicht auf die Idee gekommen, dass Adam noch leben könnte. Er wäre jetzt 93 Jahre alt. Damit wäre er in der Altersgruppe der Gebissträger und Altersheimbewohner.

Meine Vorstellungskraft kreierte ein seltsames Bild vor meinem inneren Auge. Adam, der gerade irgendwo aus dem Fenster sah, nebenbei einen Kater streichelte und sich an ein verrücktes Mädchen aus den 40ern erinnerte, das ihn geküsst und sich dann in Luft aufgelöst hatte.

»Er könnte noch leben«, sagte ich wie geistesabwesend.

Sophia schüttelte den Kopf. »Sehr unwahrscheinlich. Vermutlich hat er nicht mal den Zweiten Weltkrieg überlebt.«

Ihre Worte trafen mich härter als gedacht. Ein kalter Schauer lief mir über den Rücken. Ich wollte, dass Adam ein erfülltes Leben gehabt hatte. »Ich werde nächstes Mal versuchen, ihn herzubringen«, sprudelte es, ohne darüber nachgedacht zu haben, aus mir heraus.

Sophia lachte, jedoch nicht aus Vergnügung, sondern vielmehr aus Hysterie. »So langsam habe ich das Gefühl, dass diese Zeitreise bei dir Hirnschwund verursacht. Du kannst doch nicht einfach einen Menschen herbringen. Was sollte er denn hier? Er könnte hier nicht leben. Er hätte nicht einmal einen Pass. Er könnte also auch nicht arbeiten und somit auch kein Geld verdienen – und somit auch kein Leben finanzieren. Er würde auf der Straße landen. Verstehst du das? So etwas kannst du nicht tun! Damit hilfst du weder ihm noch dir. Und wenn wir schon mal dabei sind: Das mit den Zeitreisen sollte aufhören. Es ist einfach zu gefährlich.«

Ich schluckte schwer. Zugegebenermaßen hatte Sophia wohl recht, aber ich konnte Adam doch nicht einfach hängen lassen. Irgendetwas wollte ich für ihn tun.

Die Fähigkeit, zu ihm reisen zu können, musste doch einen Sinn haben.

»Okay, ich versuche nicht, ihn herzubringen«, musste ich mir selbst eingestehen, »aber bitte lass mich ihm noch ein paar Sachen bringen. Vielleicht Decken und Essen und so was. Er und seine Familie brauchen das wirklich dringend.«

Sophia ließ ihre Schulter hängen. »Schlaf erst mal eine Nacht drüber. Morgen sieht die Welt schon anders aus, und du wirst hoffentlich merken, dass wir im Jetzt leben und es aus heutiger Sicht keinen Unterschied mehr macht, was in der Vergangenheit geschehen ist. Das ist doch alles schon passiert und vorbei! Du machst dich nur verrückt, wenn du dich da zu sehr reinsteigerst!«

Ich glaubte nicht, dass morgen die Welt anders aussah, aber ich ließ mich auf den Deal ein, erst einmal nach Hause zu gehen. Für heute war das alles zu viel gewesen.

Ich wickelte mich in meinen warmen Mantel und begab mich raus in den Schneesturm.

Ein paar Tränen huschten aus meinen Augenwinkeln. Normalerweise war ich nicht der Typ Heulsuse, doch die Begegnung mit Adam hatte mich direkt ins Herz getroffen. Er tat mir so leid. Er hatte auf mich wie ein Kämpfer gewirkt, dem durch die Umstände die Hände gebunden waren. Ich fühlte mich auf einmal unglaublich privilegiert, sorglos durch diese Straßen gehen zu können. Ich musste keine Angst haben und wusste, dass ich heute sowohl ein warmes Bett als auch eine warme Mahlzeit bekommen würde und das, ohne irgendetwas zu tun. Ich musste weder in der Kälte nach Brennholz suchen noch dieses unter Höchstanstrengung spalten.

Das alles war einfach da und für mich selbstverständlich.

»Du bist du ja endlich. Ich habe schon dreimal versucht, dich anzurufen!« Mama stand in der Tür und hatte ihre Arme verschränkt.

»Sorry, mein Handy war auf lautlos gestellt.«

»Du schaust doch sonst auch ständig auf dieses Ding!«

Ich hasste diesen Tonfall. »Ich habe es wirklich nicht gesehen!«

»Wie auch immer. Essen steht in der Küche. Ich muss los. Susanne und ich gehen heute zum Yoga. Papa ist noch bei der Arbeit. Es wird bei ihm heute wohl spät.«

»Ist gut.«

Ich war immer wieder erstaunt, dass meine Mutter es für nötig hielt, mir mitzuteilen, dass keiner zum Abendessen zu Hause war. Ich ging nie von etwas anderem aus. Es war eigentlich nur am Heiligen Abend üblich, dass wir alle mal in Ruhe am Esstisch saßen.

»Ida, der Schokopudding gehört mir!«, kreischte es aus der ersten Etage unseres Hauses. »Wehe, du isst ihn mir weg!«

Mama schenkte mir ein schiefes Lächeln. »Immerhin isst sie wieder«, flüsterte sie. »Hab Verständnis! In der Pubertät warst du nicht anders!«

Als ob! Vielleicht war ich wegen meiner großen Brüste und meiner plötzlichen Weiblichkeit etwas überfordert gewesen, aber ich war bestimmt nicht zu einem unberechenbaren Menschenhasser geworden, der nach Lust und Laune die Meinung änderte.

Allein um sie zu ärgern, würde ich den Pudding gern essen, doch ich hatte keine Lust auf den Stress mit meiner Mutter.

»Jaja«, brüllte ich nach oben.

Mama drückte mir einen Kuss auf die Wange. »Mach's gut, Schatz. Wenn was ist, ruf mich an!«

»Hmm.«

Sie verschwand in dem weißen Strudel aus Schneeflocken, der sich vor unserer Tür gebildet hatte. Ich schlenderte in die Küche und wünschte, ich könnte Adam bei mir haben. Einfach nur, um mich mit ihm zu unterhalten und Zeit mit ihm zu verbringen. Ich wollte seine kleinen Lachfältchen um die Augen sehen, die er mir bis jetzt so selten gezeigt hatte. Und wenn ich ehrlich war, dann wollte ich ihn auch noch einmal küssen.

»Lass mir was übrig! Ich habe Hunger, und du bist eh zu dick!«, plärrte Svea und stolzierte mit arrogantem Hüftschwung in die Küche.

Ruhig bleiben, Ida! Bald wird sie die Pubertät überstanden haben und wieder die süße kleine Schwester sein, die sie mal gewesen war. Oder zumindest wieder wissen, wie man einen normalen Tonfall auflegte.

»Du kannst alles essen. Ich habe kein Hunger«, ließ ich sie wissen.

»Ist auch besser so!«

Sie riss die Kühlschranktür auf und schnappte sich den Pudding. Dabei entging mir nicht, dass sie *meine* Hose trug. So viel dazu, dass ich zu dick war. Bei ihr saß die Hose mindestens genauso eng wie bei mir. Einen Kommentar dazu ersparte ich mir.

Da die Anwesenheit meiner Schwester so angenehm war, wie mit einer Spinne in einer Duschkabine zu stehen, entschied ich mich, auf mein Zimmer zu gehen. Ich schmiss mich auf mein Bett und begann nach dem Stichwort »Zweiter Weltkrieg« zu googeln.

Das endete damit, dass ich heulend in meinem Bett lag und die gesamte Menschheit hinterfragte.

Natürlich hatte ich gewusst, dass während der Nazizeit unfassbar grausame Dinge geschehen waren, doch jetzt, wo ich Adam kannte, sah ich alles mit anderen Augen. Auf einmal war es real. Da waren wirklich Millionen erschossen, erschlagen, vergast, gefoltert und vergewaltigt worden. Menschen wie Adam oder wie seine Schwester, die kleine Anna. Sie waren wie Vieh behandelt worden. Niemand hatte Mitleid mit ihnen gehabt.

YouTube gab mir den Rest, denn die Geigenmusik im Hintergrund sprach meine Tränendrüsen direkt an. Ich presste mein Gesicht ins Kissen und heulte wie noch nie zuvor.

Ich wollte zurück und Adam irgendwie helfen. Ich musste verhindern, dass ihm etwas geschah, konnte nicht zulassen, dass er sich irgendwo in einem Arbeitslager zu Tode schuftete oder auf einem Marsch erfror oder verhungerte.

Ich wischte mir meine Tränen weg und stand auf. Es war Zeit zu handeln. Ich schaltete das Licht ein und holte meine Reisetasche unter dem Bett hervor. Dann begann ich, meine Schokovorräte aus der Adventszeit dort hineinzupacken. Dazu kamen Decken und ein paar Hoodies, die eigentlich Leon gehörten, aber irgendwann in meinen Besitz übergegangen waren. Adam würden die Markenpullover sicherlich gut stehen. Für Anna packte ich ein paar alte Strickjacken ein.

Ich überlegte, was Adam und seine Familie gebrauchen konnten.

Medizin!

Auf Zehenspitzen schlich ins Bad und öffnete den Spiegelschrank. Da waren jede Menge Pappschachteln und Plastikbecher mit Pillen, doch mein erster Griff ging zum Verband und zum Desinfektionsspray.

»Alles in Ordnung, Schatz?«

Ich hielt inne und drehte mich langsam um. Mein Vater stand in Boxershorts da und präsentierte sein kleines Wohlstandsbäuchlein, das aus einer Vorliebe für Schokoerdnüsse hervorgegangen war. Seine Haare, die zwar noch voll waren, aber schon mehr grau als schwarz, standen in jede erdenkliche Richtung ab. Mit ausgestreckter Zunge hätte er Einsteins Sohn sein können.

»Hast du dir wehgetan?«, fragte er müde.

»Nein, ich ... ähm ...« Wie erklärte ich am besten, dass ich Verband und Desinfektionsspray brauchte, ohne mich verletzt zu haben. »Ich brauche den Verband für ein Kunstprojekt in der Schule.« Bei meiner verrückten Kunstlehrerin war das nicht einmal ein unrealistischer Gedanke. »Und das Desinfektionsspray für mein Piercing. Es ist ein bisschen entzündet.«

Papas Augen waren klein, und sein Gehirn arbeitete offensichtlich noch langsam. »Es ist doch aber mitten in der Nacht«, nuschelte er.

»Ich konnte nicht schlafen.«

»Du musst morgen in die Schule. Los jetzt, versuch wenigstens, ein wenig zur Ruhe zu kommen.«

»Ähm, Papa, morgen ist keine Schule, sondern Samstag.«

Seine Augen verengten sich, und mir wurde mehr und mehr bewusst, dass sein Bewusstsein noch im Traumland war. »Ähm ... ja, okay, schlaf einfach!«

Ich drückte meine Beute an mich und ging aus dem Bad.

»Ach, Ida!«, rief er mir mit gedämpfter Stimme hinterher.

»Ja?«

»Hast du geweint? Deine Augen sind so rot und geschwollen.«

Shit. Nach dem Heulen sah ich immer aus, als hätte ich zwölf Runden gegen Klitschko geboxt und mir danach Zwiebeln in die Augen gedrückt. »Wegen Leon. Das wird schon wieder.«

Papas Blick wurde mitleidig. »Ach, Süße, das nimmt dich ganz schön mit, was? Ich habe dir dein Lieblingseis in den Tiefkühler gestellt. Ein gebrochenes Herz kann es zwar auch nicht zusammenflicken, aber zumindest für den Moment den Schmerz ein wenig mindern. Hoffe ich zumindest.«

Das war eine typische Papa-Aktion. Er konnte wirklich süß sein und war der Typ Mann, der nie vergaß, bei den richtigen Anlässen mit einem großen Strauß roter Rosen aufzuwarten.

»Ach, Papa, danke! Das ist echt lieb von dir.« Ich ging zurück zu ihm und drückte ihm einen Kuss auf die Wange.

»Dafür sind Papas doch da. Jetzt geh aber wirklich schlafen! Und träum was Schönes! Am besten von deinem Traummann, der Eis in Zukunft überflüssig macht.«

Ja, das war eine gute Idee. Ich hoffte nur, dass das Träumen von Adam nicht in einem Albtraum enden würde. Insbesondere die YouTube-Dokumentationen über die Konzentrationslager hatten sich in meinen Kopf gebrannt.

Kapitel 7 Die Exkursion

»Du bist verrückt. Einfach nur verrückt!«

»Ja, vielleicht.«

Wir konnten nicht offen sprechen, da sich schon der halbe Kurs im Klassenraum eingefunden hatte. Da machte sich ein Gespräch über Zeitreisen mehr als schlecht. Nicht, dass uns irgendjemand glauben würde, aber dafür würden wir uns direkt auf die Liste der Nerds dieses Jahrgangs katapultieren. Und darauf konnte ich gut verzichten.

Leon schlenderte in den Raum, und sofort war sein Blick auf mich gerichtet. Er lächelte mir zu – und ich sah demonstrativ weg.

Wie lange wollte er dieses Spiel eigentlich noch spielen? Leon war eigentlich kein dummer Junge, aber warum kapierte er nicht, dass ich keinerlei Interesse hatte, mit ihm ein Lächeln oder gar Worte auszutauschen?

»Das mit euch wird auch nicht besser, oder?«, flüsterte Sophia mir zu.

»Er ist und bleibt ein Arsch.«

Ich sprach laut genug, damit er es hören konnte. Und er tat so, als hätte er es überhört.

»Ida, solche Worte möchte ich in meinem Unterricht nicht hören! Das habe ich dir schon mehr als einmal gesagt!«, polterte Herr Fricke in den Raum.

Jaja. Ich konnte seine Hawaii-Hemden auch nicht leiden, und trotzdem zog er sie jeden Tag an. Heute tummelten sich viele kleine Schildkröten auf seinem gelben Hemd. Es musste neu sein, denn normalerweise zierten Palmen, Delfine und Surfbretter seine Hühnerbrust.

Er schloss die Tür hinter sich und wandte sich dann den Schülern zu.

Fricke war ein hagerer Mann mit wenig Haar und noch weniger Körperfett. Selbst ein Streichholz im Wind hatte mehr Halt als er. Nichtsdestotrotz war es bereits seit fünf Jahren unser Klassenlehrer.

»Alle auf die Plätze! Der Unterricht hat schon längst begonnen!«

Wir wurden leiser, doch mindestens die Hälfte tippte auf den Handys herum.

»Und die Geräte weg! Ihr kennt die Regeln!«, schob er genervt nach.

Dann schrieb er in seiner gewohnten Krakelschrift ein Datum an die Tafel.

»Nächste Woche machen wir eine Exkursion!«

Allgemeiner Jubel brach aus. Ganz egal, wo es hinging, Hauptsache wir hatten keinen Unterricht.

»Ruhe!«, knurrte Fricke. »Es passt thematisch gut, und deshalb habe ich mich entschieden, dass wir einen Ausflug ins Konzentrationslager machen. Ihr bekommt dadurch einen sehr realistischen Eindruck dieser dramatischen Zeit.«

Mein Herz sackte nach unten. Alles, nur das nicht! Hättest es nicht ein langweiliges Museum sein können, wie es sonst auch immer der Fall gewesen war?

»Ihr haltet bitte Referate darüber! Die Themen habe ich schon verteilt, wie ihr an der Tafel erkennen könnt!«

Er klappte die rechte Seite der Tafel um.

Nur ging ein Raunen durch den Raum. Immer diese Referate. Konnten wir nicht einmal in den Genuss einer Exkursion kommen, ohne gleich unsere heilige Freizeit dafür opfern zu müssen?

Doch das war im Moment nicht einmal mein primäres Problem. Ich schaltete ab und war in Gedanken bei Adam. Ich wollte gar nicht darüber nachdenken, dass er vielleicht in einem Konzentrationslager gestorben war. Mit all dem Leid und den Gräueltaten konfrontiert zu werden ließ jetzt schon einen kalten Schauer über meinen Rücken laufen. Ich war mir nicht sicher, ob ich das durchstehen würde.

»Ida? Hast du dir dein Thema angesehen?«, drang Frickes Stimme in mein Ohr.

»Ja«, log ich automatisch und sah zu ihm hoch.

»Gut«, knurrte er.

»Wir sollen den Begriff ›Sonderbehandlung 14f13‹ genauer erklären«, flüsterte Sophia mir zu.

Ich kritzelte es in meinen Block, konnte aber wenig damit anfangen.

Fricke fuhr währenddessen seinen Laptop hoch. Es folgte eine seiner berühmten Power-Point-Präsentationen, die wie immer aussahen, als wäre sie von und für Achtjährige gemacht worden. Türkise Schrift auf gelben Hintergrund war fast schon ein Markenzeichen von Fricke, und auch seine lieblos eingefügten Smileys konnten es nicht mehr retten. Alte Lehrer und neue Technik würden wohl keine Freunde mehr werden.

Und so dösten wir dahin, während er Monologe hielt. Politik in der Gegenwart war ja schon langweilig, aber wie sie in Kriegszeiten ausgesehen hatte, interessierte mich noch weniger.

Stattdessen fragte ich mich, was Adam gerade tat. Eigentlich wusste ich, dass er vor 75 Jahren gelebt hatte, aber insgeheim fühlte es sich eher so an, als würde er in einer Parallelwelt existieren und in diesem Moment gerade Holz spalten. Ob er an mich dachte? Ob er hoffte, dass ich ihn erneut besuchen würde?

Die Klingel riss mich aus meiner Traumwolke.

»Du siehst blass aus«, bemerkte Sophia, als wir auf dem Nachhauseweg durch den Schnee stapften. »Wegen Adam, oder?«

»Ja. Ich reise heute eh noch einmal zu ihm.«

Sophia wirkte alles andere als begeistert. »Schon wieder? Das kann doch so nicht weitergehen. Du lebst hier und nicht 1942!«

»Ich will ihm nur Essen und ein paar nützliche Sachen vorbeibringen. Das muss ich einfach machen. Er braucht die Sachen!«

Sophia blieb abrupt stehen und sah mich starr an. Automatisch hatte ich auch angehalten. Für einen Moment herrschte Stille, und sie schien in ihrem Kopf die Wörter zu ordnen.

»Ida!«, begann sie schließlich in einem Tonfall, den ich eher von meiner Mutter erwarten würde. »Das darf nicht zur Gewohnheit werden, dass du dich in eine solche Gefahr bringst. Ich dachte, ehrlich gesagt, dass das eine einmalige Sache war. Du kannst doch diese Zeitreisen nicht immer wieder machen!«

Jedes Mal, wenn sie »Zeitreisen« aussprach, konnte ich nicht wirklich glauben, dass ich das wirklich tat.

»Was hattest du denn geplant, wie oft du ihn noch besuchen willst?«

Ich zuckte mit den Schultern. »Keine Ahnung. Im Moment fühlt es sich richtig an!«

»Das heißt nicht, dass es richtig *ist.*«

»Mein Gott, Sophia! Das hier ist nicht deine Philosophie-AG! Also spar dir diese pseudo-tiefgründigen Sprüche!«

Sie sah zu Boden. »Ich mache mir doch nur Sorgen«, murmelte sie und verschaffte mir sofort ein schlechtes Gewissen. Insbesondere, nachdem ich sie bei der letzten Reise vergessen hatte und viel zu spät zurückgekommen war. Sie hatte allen Grund, überbesorgt zu sein.

»Sorry«, sagte ich einsichtig. »Ich will nicht, dass du dir Sorgen machst, aber ich will auch nicht, dass Adam verhungert. Ich werde wirklich aufpassen.«

Sie nickte, ließ ihren Blick aber nach unten gerichtet. »Aber ich will, dass ich immer dabei bin, wenn du in die Vergangenheit reist.« Erst jetzt hob sie den Kopf und sah mich wieder an. »Es sollte immer jemand in der Nähe sein, wenn du zurückkommst. Nur für den Fall, dass irgendwas schiefgegangen ist, du verletzt bist oder Hilfe brauchst. Unterschätze das nicht!«

Deswegen war Sophia meine beste Freundin. Ich konnte immer auf sie zählen. »Okay. Geht klar«, stimmte ich ihrer Vereinbarung zu. »Könntest du mir einen Gefallen tun?«

»Kommt drauf an!«, kam es skeptisch zurück.

»Ist nichts Schlimmes. Ich wäre dir nur dankbar, wenn du nicht immer von ›Zeitreisen‹ sprechen würdest. Das hört sich so komisch an. Können wir nicht einfach sagen, dass ich Adam besuchen gehe? Das klingt besser, und die Gefahr, dass jemand etwas mitbekommt, ist deutlich geringer.«

»Ach so, ja klar. Kein Problem. Ich versuche es. Aber lass es mich wenigstens noch einmal sagen: Du solltest dir trotzdem immer bewusst sein, dass du in der Zeit reist und das nicht ungefährlich ist. Verstanden?«

So oft, wie sie sich wiederholte, könnte man fast meinen, dass sie unter Demenz litt.

»Ja, doch! Glaub mir, spätestens beim Anblick von Adams Latzhose fällt mir immer wieder ein, dass ich nicht in der Gegenwart bin.«

Sie schmunzelte, und damit war ihre Ansprache beendet.

»Gut, gehen wir dann wieder zu mir? Mama hat Bananenreis gemacht. Beim Essen können wir mit unserem Referat anfangen, und wenn du dann noch willst, kannst du von mir aus zu Adam reisen.«

Ich liebte den Bananenreis von Sophias Mutter, aber heute musste ich wohl darauf verzichten.

»Hört sich gut an, aber lass uns zu mir gehen, auch wenn ich nur Tiefkühlpizza anzubieten habe. Die Tasche mit den Sachen für Adam liegt nämlich in meinem Zimmer.«

Sophia grinste breit, was vermutlich auf das Wort Pizza zurückzuführen war. »Ist jetzt nicht so, dass ich was gegen Pizza habe«, erklärte sie sich mit meinem Plan einverstanden.

Wir wussten beide ganz genau, dass ihre Eltern auf eine gesunde Ernährung mehr Wert legten als auf den Genuss einer fettigen Pizza mit Käse, und so nutzte Sophia die Besuche bei mir immer dazu, um an Fast Food zu kommen. Auch das Nasch-Schubfach war vor ihr nicht sicher. Mein Zuhause war Sophias persönliches Schlaraffenland.

Als ich eine halbe Stunde später den Tiefkühlschrank öffnete, musste ich jedoch feststellen, dass meine hormongesteuerte, fresssüchtige Schwester keine Tiefkühlpizza übrig gelassen hatte. Die Pubertät war eine wahre Mutantenfabrik. Sie machte aus süßen Kindern fresssüchtige Halbstarke mit übersteigertem Selbstbewusstsein.

»Tja, dann müssen wir wohl mit der eingefrorenen Kartoffelsuppe vorliebnehmen.«

Sophia verzog das Gesicht und sah deprimiert auf die Tupperdose, dessen Inhalt genauso gut die Hinterlassenschaften vom letzten Alkoholrausch sein konnte.

»Wir können die Hauptmahlzeit aber auch überspringen und gleich mit dem Nachtisch beginnen«, schlug ich vor und hielt die Eiscreme in die Höhe, von der mir Papa neulich nachts vorgeschwärmt hatte.

»Gern!«

»Okay, dann lass es uns gleich essen, ehe Svea kommt und es wieder einsaugt wie ein schwarzes Loch.«

Mehr brauchte ich gar nicht zu sagen, denn Sophia hatte schon zwei Esslöffel aus dem Schrank gefischt und hielt sie bereit, um sie in die beste Sahne-Zucker-Mischung, die es auf diesem Planeten gab, zu stecken.

Wir setzten uns vor unserem Kamin auf den Boden. Auch wenn kein Feuer brannte, gab mir unser Kamin immer ein wohliges Gefühl. Ich saß oft davor, wickelte mich in eine Decke und las ein Buch oder surfte auf der Langeweile-Welle im Internet.

Sophia begann auf ihrem Smartphone herumzutippen, während sie sich genüsslich eine Fuhre Eis in den Mund schob.

»Also Wikipedia sagt, dass die ›Sonderbehandlung 14f13‹ die Tötung von als ›krank‹, ›alt‹ und ›nicht mehr arbeitsfähig‹ betitelten Häftlingen beinhaltete.«

Sofort verging mir der Appetit. In Anbetracht der Tatsache, dass mein Lieblingseis vor mir stand, war Appetitlosigkeit ein Zustand, der selten eintrat.

Sophia scrollte weiter nach unten und überflog den Artikel.

»Die meisten schienen wohl vergast worden zu sein. Die mussten sich vorher ausziehen und ...«

»Sophia, bitte! Ich will das nicht hören.«

»Das ist aber wichtig! Du darfst das nicht verdrängen. Die Nazis haben Menschen wie Tiere behandelt, und wenn du Pech hast, dann scheren die dir auch die Haare, nehmen die alles weg und schubsen dich in so eine Kammer!«

»Wir wollten darüber nicht mehr reden!«

Tatsächlich schwieg Sophia. Ich sah ihr jedoch an, dass sie ein eindeutiges Redebedürfnis hatte, welches sie nur mit Mühe unterdrücken konnte.

In kompletter Stille aß sie das Eis, während ich auf mein Handy starrte.

»Wie sieht er eigentlich aus?«, fragte Sophia nach einer Weile. »Also, abgesehen von der Latzhose.«

Ich versuchte, mir seine Gestalt und sein Antlitz wieder vor Augen zu führen.

»Er ist groß. Mehr als einen halben Kopf größer als ich. Und er hat blonde Wuschelhaare. Allerdings kämmt er die zum Scheitel. Sieht aber trotzdem gut aus. Jedes Mal würde ich da am liebsten reinfassen. Er hat blaue Augen. Aber nicht so ein langweiliges Graublau, sondern richtig kräftig. Und sein Gesicht ist ganz klar definiert. Dadurch wirkt es sehr markant, aber da er eine ziemlich zarte Nase hat, nicht so streng. Das ist echt schwer zu beschreiben, aber er sieht wirklich gut aus. Irgendwie männlich, aber gleichzeitig auch ... einfach hübsch.«

Sophia kicherte.

Erst jetzt fiel mir auf, dass ich ziemlich ins Schwärmen geraten war. Meine Wangen erröteten leicht.

»Okay, jetzt habe ich irgendwie eine Mischung aus David Hasselhoff und Justin Bieber im Kopf.«

Entsetzt sah ich sie an. »Wie bitte? David Hasselhoff ist dein Bild von Männlichkeit und Justin Bieber der Inbegriff von ›hübsch‹?«, lachte ich los.

»Nein, so war das nicht gemeint«, widersprach sie mit peinlich berührtem Blick. »Es schoss mir einfach so in den Kopf.«

»Also, er sieht weder Hasselhoff noch Bieber ähnlich. Adam ist eher so eine Mischung aus Eis- und Teddybär.«

Sophias Kopf geriet in die Schieflage. »Das hilft mir jetzt auch nicht weiter.«

»Vielleicht schaffe ich es ja mal, ein Foto zu machen.«

»Aber bitte heimlich!«

»Ja, was sonst? Als ob ich zu ihm gehen und sagen würde ›Jo, Adam, lass mal ein Selfie machen!‹«

Wir begannen beide zu lachen und sponnen die Idee weiter, wie ich mit Adam sämtliche Filterfunktionen ausprobieren könnte. Der arme Kerl wäre vermutlich völlig überfordert, wenn er plötzlich einen Regenbogen kotzen würde oder süße Rehaugen bekäme.«

»Ich würde jetzt gern zu ihm gehen«, ließ ich Sophia wissen, nachdem sie die letzten Reste Eis aus dem Becher gekratzt hatte.

Wir gingen hoch in mein Zimmer und schlossen die Tür ab. Aufregung machte sich in mir breit. Ich war mir nicht sicher, ob es wegen Adam oder wegen der Zeitreise war. Sonderlich scharf war ich auf das Gefühl des Schrumpfens nicht.

Sophia nahm mich noch einmal fest in den Arm. »Bitte, bitte, pass auf dich auf!«, flüsterte sie mir ins Ohr. »Mach keine Dummheiten! Verstehst du?«

»Natürlich nicht.«

Kapitel 8 Die Schwäche

»Da bist du ja!«, begrüßte mich Adam verhalten. Er trug einen Wollpullover in einer undefinierbaren Farbe.

»Ja. Hier bin ich«, sagte ich schüchtern. Adams Anwesenheit ließ mich zurückhaltender werden, als ich es eigentlich war.

»Du warst auf einmal weg«, entgegnete er schroff.

Willkommensfreude sah definitiv anders aus. Ich biss mir auf die Unterlippe. Tatsächlich hatte ich wirklich einen ziemlich unwürdigen Abgang hingelegt. »Tut mir leid. Ich hatte es eilig!«

Er sah verletzt aus. Wie ein kleiner Hundewelpe, dem man sein Lieblingsspielzeug weggenommen hatte. Oder aber wie ein Junge, der von einem Mädchen geküsst und danach von ihm einfach zurückgelassen worden war.

»Du scheinst gern einfach so zu verschwinden. Das war schließlich nicht das erste Mal.«

Oje, das schien ihn härter getroffen zu haben, als ich gedacht hatte. »Tut mir wirklich leid«, wiederholte ich mich.

Er zuckte gleichgültig mit den Schultern und fokussierte sich auf seine Arbeit.

»Hätte ich dich nicht küssen sollen?«, fragte ich verunsichert und nutzte weiterhin meine Unterlippe als Kaugummiersatz.

Adams Blick schnellt nach oben. Seine Augen waren größer als sonst, und die Gesichtsfarbe glich mittlerweile der eines gekochten Hummers. Hatte ich ihn etwa in Verlegenheit gebracht?

Er räusperte sich, und ich spürte, wie unangenehm ihm die Situation plötzlich war.

»Ich weiß nicht, was du meinst«, nuschelte er und schlug dann mit der Axt auf einen Holzspalt ein.

Ich hoffte, dass das Holz nicht mein Herz symbolisieren sollte. »Ähm, doch, das weißt du«, blieb ich stur und trieb seine Gesichtsdurchblutung damit nur noch an. »Lippe auf Lippe. Das nennt man küssen.«

Er sah mich nicht an. »Das war doch nur ganz kurz«, tat er es ab.

Irgendwie war er niedlich, weil er nicht darüber reden wollte.

»Wir können es gern wiederholen. Auch ein bisschen länger, wenn du willst.« Meine Hormone hatten schon längst die Kontrolle über mein Mundwerk übernommen. Bei Adams Anblick konnte ich nicht mehr klar denken.

Immerhin hielt Adam in seiner Bewegung inne und sah mich nachdenklich an. Ob er es wirklich in Betracht zog, mit mir rumzuknutschen? So eine schlechte Wahl war ich nun auch wieder nicht.

»Du bist ein Mädchen. So etwas solltest du gar nicht sagen!«

Ich zog meine Stirn in Falten, dachte an Sophia und daran, wie sie mir immer wieder gesagt hatte, dass ich mir bewusst sein sollte, dass das hier die 40er-Jahre des 20. Jahrhunderts waren. Vielleicht war eine Aufforderung zum Kuss von einer Frau hier nur von einer Prostituierten üblich. Ehrlich gesagt, hatte ich keine Ahnung, wie konservativ man in diesem Jahrzehnt gelebt hatte.

Ich entschied mich, das Thema zu wechseln. »Ich habe dir etwas mitgebracht«, ließ ich ihn wissen und hob die Reisetasche in meiner Hand hoch.

»Warum tust du das?«

»Ich mag dich halt«, lautete meine ehrliche Antwort.

Er zog eine Augenbraue hoch, und ich war der Meinung, ein leichtes Lächeln in seinem Gesicht zu erkennen, das er aber zu unterdrücken versuchte.

Ich legte die Tasche auf dem Boden ab und zog den Reißverschluss auf. Mir entging nicht, dass er vom System des Reißverschlusses durchaus fasziniert war.

»Ich habe jede Menge Schokolade mitgebracht«, begann ich zu erzählen und hielt ein paar Schokoweihnachtsmänner nach oben. Adam wirkte überrumpelt, sagte aber nichts. Stattdessen kam er näher und schaute neugierig in die Tasche.

»Hier sind ein paar Bananen und Nudeln. Auf der Verpackung steht drauf, wie man sie kocht«, sagte ich beiläufig, weil ich nicht wusste, ob man Nudeln schon zu der Zeit gegessen hatte oder mit dem Begriff überhaupt etwas anfangen konnte. »Und Bananen muss man schälen«, sagte ich sicherheitshalber, um Missverständnisse im Keim zu ersticken. »Hier sind auch noch Nüsse. Die geben viel Kraft.«

»Wo hast du das alles her?«, unterbrach Adam mich und sah sich die Schokoweihnachtsmänner ganz genau an. Ich zweifelte daran, dass er wusste, wer dieser alte Mann im roten Mantel war. Falls ich mich richtig erinnerte, hatte Coca Cola den Weihnachtsmann erst in den 30ern erfunden. So schnell hatte sich das in Zeiten vor der Globalisierung bestimmt nicht bis in die deutsche Provinz rumgesprochen.

»Ist egal. Ich habe genug davon. Glaub mir. Nimm es einfach, und versorge deine Familie damit! Ich brauche es nicht!«

»Das kann ich doch nicht annehmen!«

»Doch, doch! Das kannst du«, versuchte ich möglichst locker zu klingen, damit es mehr wie ein Freundschaftsdienst wirkte und nicht wie eine eventuell überlebenswichtige Maßnahme. Unter keinen Umständen würde ich etwas davon wieder mitnehmen.

»Hier sind auch warme Sachen drin und Medikamente. Lies dir aber die Packungsbeilage durch. Damit du weißt, welche Dosierung man nehmen muss und gegen was sie helfen. Du kannst doch lesen, oder?«

»Natürlich kann ich lesen!«, kam es sofort zurück, und er wirkte ein wenig beleidigt.

»Gut, dann ist das ja kein Problem. Da ist auch Verbandszeug mit dabei und …«

»Ida!«, sprach Adam meinen Namen ernst aus und unterbrach mich in meinem Redefluss. »Das kann ich nicht annehmen.«

»Doch. Natürlich kannst du das, und du wirst es bitte auch! Willst du, dass deine Familie durch den Winter kommt?« Ich wartete gar nicht erst auf seine Antwort. »Ich helfe gern! Also bitte, nimm es an!«

Sein Gesicht sah nun leidend aus. Er war hin- und hergerissen.

»Für Anna! Wenn du es nicht willst, dann tu es wenigstens für sie!«

Ich wusste, dass dieses Argument bei ihm ziehen würde. Für seine Schwester würde er alles tun. Selbst seinen Stolz ablegen und über den Schatten des Mount Everest springen.

Plötzlich legten sich seine Arme um meinen Hals, und er drückte mich fest an sich. Ich war so sehr davon überrascht, sodass ich bewegungsunfähig wurde, und mein versteifter Körper in seinen Armen hing. Umarmte er mich gerade tatsächlich? Ich hatte gar nicht das Gefühl gehabt, dass Adam zu den Menschen gehörte, die ein ausgeprägtes Bedürfnis nach Körpernähe hatten.

»Danke!«, flüsterte er mir ins Ohr und kämpfte um eine stabile Stimmlage, was ihm jedoch misslang.

Er kam mir so nahe, dass mein Herz den Takt einbüßte. »Nicht dafür«, erwiderte ich sanft und versuchte, meine Gefühle unter Kontrolle zu bekommen.

»Wofür denn sonst?«, kam es zurück. »Du rettest uns damit vielleicht das Leben. Ist dir das eigentlich bewusst? Schon seit Monaten haben wir nicht genug zu essen. Wenn ich mich nicht dafür bedanken soll, wofür denn dann?«

Weinte er? Zumindest hatte er geschnieft.

»Ich weiß nicht, woher du das alles hast, aber du rettest damit vielleicht Leben«, sagte er aufgelöst.

Mein Körper begann, aus seiner Starre aufzuwachen. Nun legte auch ich meine Arme vorsichtig um ihn und drückte ihn fest an mich.

»Es wird alles gut«, versuchte ich zarte Zuversicht zu verbreiten, auch wenn ich wusste, dass der Krieg noch über drei Jahre andauern würde. Es würde für ihn und seine Familie eine sehr lange Qual werden.

Drei Jahre konnten verdammt lang dauern. Besonders wenn man jeden Tag fürchten musste zu sterben. Ich wollte nicht in seiner Haut stecken.

»Halte durch, ja?«, fuhr ich fort. »Du schaffst das schon!«

Es waren leere Worte. Das wusste ich selbst, aber ich hatte keine Ahnung, was ich sonst sagen sollte.

Ich spürte sein Nicken an meiner Schulter. Er ließ mich jedoch noch immer nicht los. Es schien so, als würde er sich nach einer Ewigkeit der Stärke nun einen Moment der Schwäche gönnen.

Selbst ich wusste, dass weinende Männer erst spät gesellschaftlich akzeptiert worden waren. Und so hatte Adam wohl wie alle anderen seiner Zeit stets versucht, den starken Mann zu spielen, der keine Schwächen kannte. Doch kein Mensch konnte so einem Druck standhalten. Irgendwann fiel jede Maske, und für Adam war dieser Moment wohl gerade gekommen.

Er weinte bitterlich. Und es tat mir unglaublich leid. Ich fühlte mich hilflos, denn ich wusste nicht, wie ich ihm seine Ängste und Sorgen nehmen konnte.

»Ist in Ordnung. Lass es einfach raus!«, sprach ich ihm gut zu.

»Ich habe Angst, Ida«, schluchzte er. »Ich habe Angst, dass sie uns holen kommen. Ich bin stark und kann arbeiten, aber Anna? Sie würden sie umbringen oder sich an ihr vergehen. Das sind Monster, die selbst vor Kindern nicht Halt machen. Ich habe Angst, dass ich sie eines Tages nicht mehr beschützen kann. Dass meine kleine Schwester den Nazis ausgeliefert ist. Dass ich machtlos bin und sie sich von mir verlassen fühlt.«

Ich schluckte schwer. Willkommen im Zweiten Weltkrieg, Ida!

»Du tust alles, was in deiner Macht steht. Mehr kannst du nicht leisten. Du musst darauf vertrauen, dass alles wieder gut wird. Hab ein bisschen Zuversicht!«

Er schniefte und schien verzweifelt zu versuchen, sich zu beruhigen. Ich strich ihm seine Tränen von der Wange, doch es kamen neue nach.

Er war ein traumatisierter junger Mann, der viel zu viel Verantwortung trug.

Seine Atmung wurde nur langsam ruhiger. Doch er sprach nicht und sah ins Leere. Ich konnte nicht mehr tun, als ihn zu umarmen und immer wieder seine Schulter zu tätscheln und ihm zu sagen, dass es völlig in Ordnung war zu weinen.

Eine ganze Weile saßen wir in unserem Strohhaufen und hielten uns an den Händen.

»Ich habe noch nie vor jemand anderem geweint«, kam es schließlich mit heiserer Stimme über seine Lippen. »Es tut mir leid, dass du das sehen musstest. Das ist nicht meine Art.«

Ich streichelte mit meinem Daumen tröstend über seinen Handrücken. »Du brauchst dich doch nicht zu entschuldigen!«

»Doch. So etwas macht ein Mann nicht!«

Ich legte meinen Kopf schief. »Adam, natürlich weint auch ein Mann. Ihr habt schließlich auch Gefühle! Das muss dir nicht unangenehm sein. Auch du darfst mal Schwächen zeigen.«

»Nein, das geht nicht.«

Ich drückte seine Hand fester. Daraufhin drehte er seinen Kopf zu mir. Seine Augen waren rot und geschwollen. Es zerbrach mir das Herz, ihn so verletzlich zu sehen.

Ich war gerührt, dass er mir das Vertrauen geschenkt hatte, mir seine zerbrechliche Seite zu zeigen.

Er beugte sich zu mir, und wir küssten uns.

Und dieses Mal war es nicht nur ein kurzer Kuss, wie man ihn noch aus der Sandgrube im Kindergarten kannte. Dieses Mal war es ein richtiger Kuss. Seine Lippen waren kalt, aber weich. Er legte seine Hand auf meine Wange, und ich war plötzlich unglaublich ergriffen von der ganzen Situation. Am liebsten würde ich bei ihm bleiben und ihm dabei helfen, diese schwere Zeit zu überstehen.

Ich schloss meine Augen und versuchte für den Augenblick auszublenden, unter welchen Umständen wir zueinandergefunden hatten.

Das Leben war so unfair.

Adam löste sich von mir, doch unsere Stirn und unsere Nasenspitzen berührten sich weiterhin. Wir sahen uns in die Augen.

Er war mir so seltsam vertraut.

»Du bist wirklich etwas Besonderes«, flüsterte er ergriffen.

Ich lächelte geschmeichelt. Er hatte ja keine Ahnung. Die Tatsache, dass ich ihn nie als Freund haben konnte, zerbrach mir jetzt schon das Herz. Zu gern würde ich jede Sekunde mit ihm verbringen. Ich konnte es nicht mehr leugnen. Ich war verliebt, und zwar so richtig.

Ich reiste nicht nur einfach so durch die Zeit. Nein, ich tat es auf einer rosaroten Wolke und mit einem Hummelschwarm im Bauch. Dieses Kribbeln bei seinem Anblick und seinen Berührungen war so real. Immer mehr bekam ich das Gefühl, dass es ihm auch so ging.

»Wirst du wieder gehen?«, fragte er, hielt aber weiterhin Körperkontakt.

Ich nickte widerwillig. »Ich muss, aber ich komme wieder. Versprochen!«

Er lächelt verbittert. »Verrätst du mir irgendwann, wo du lebst?«

Ich sah zu Boden und wünschte so sehr, dass ich ihm die ganze Wahrheit sagen könnte. Ich hasste diese Geheimnistuerei. »Irgendwann bestimmt, aber es ist noch zu früh.«

Ich küsste ihn erneut. Er legte seine Hände auf meine Hüften. Er machte es mir wirklich nicht leicht zurückzugehen.

Ehe es jedoch intimer werden konnte, zog ich mich aus seiner Umarmung. »Ich muss jetzt wirklich los«, verabschiedete ich mich flüchtig, ehe ich es mir anders überlegte. »Ich komme so schnell wie möglich zurück! Das verspreche ich dir!«

»Ich warte auf dich!«, sagte er mit ernstem Blick. »Das verspreche ich dir auch!«

Ich sendete ihm noch einen Luftkuss und ging dann hinter die Scheune, von wo aus er mich nicht mehr sehen konnte.

Kapitel 9 Der Mantel

Die Stille war erdrückend.

Es war ein einzelner Vogel, der von irgendeinem der kahlen Äste herab zwitscherte.

Auch wenn sich vor mir nur eine kahle Freifläche erstreckte, konnte meine Fantasie den Rest sehr gut ergänzen. Hier hatten einmal jede Menge Baracken gestanden. Baracken, die gefüllt gewesen waren mit lebenden Skeletten. Menschen aus Haut und Knochen waren jeden Morgen zum Appell gerufen, und dann war aussortiert worden. Willkürlich. Es hatte jeden treffen können. Und wen es nicht getroffen hatte, den hatte harte körperliche Arbeit erwartet. Und Arbeit war nicht zu vergleichen gewesen mit einem Bürojob. Nein, Arbeit hatte das Ausheben von Gräbern für die Menschen, mit denen man gestern noch eine Baracke geteilt hatte, bedeutet.

Ich hätte hier nicht einen Tag überleben können.

Kein richtiges Essen.

Kein richtiges Trinken.

Keine Möglichkeit, sich zu waschen.

Keine richtigen Toiletten.

Und das alles in der ständigen Begleitung der Todesangst.

Jede Minute hatte es einen treffen können.

Schon beim Betreten des Konzentrationslagers hatte man uns mit entsprechenden Fotos konfrontiert. Selbst die Großmäuler meines Geschichtskurses waren verstummt. Der Blick in die Gesichter der Insassen war erschütternd. Da war keine Hoffnung mehr. Man sah in leere, traumatisierte Augen. Augen, die gesehen hatten, wie schon sehr viele Menschen gestorben waren.

»Alles okay?«, fragte Sophia besorgt und legte ihre Hand auf meine Schulter.

Ich nickte tapfer.

Es war heute ein sonniger, aber kalter Tag. Die Luft war ungewöhnlich rein. Das Wetter wirkte so unschuldig, doch dieser Ort hier war alles andere als das.

»Ein paar Baracken sind noch erhalten«, sagte Fricke und deutete mit einer Geste an, dass wir ihm folgen sollten.

Ich konnte den Gedanken nicht abschütteln, dass auch Adam einmal in einem ähnlichen Lager gewesen sein könnte. Vielleicht bis auf die Knochen abgemagert.

»Dort hinten sind die Verbrennungsöfen«, berichtete Fricke und nutzte die Hände wieder, um seine Aussagen zu unterstreichen. »Dort haben sie die Leichen damals verbrannt. Zeugen sagen, dass der Geruch von verbranntem Menschenfleisch immer über dem Lager schwebte.«

Mir wurde schlecht. Richtig schlecht. Ich wollte hier nur noch weg.

Wir gingen an einem Bild vorbei, das Dutzende abgemagerte Körper zeigte, die übereinandergestapelt worden waren, als wären sie nur Müll, den man platzsparend verstauen wollte.

Ich sah so ein Bild nicht zum ersten Mal, doch nun hatte ich einen persönlichen Bezug dazu. Ich sah nicht mehr nur einfach Körper. Nein, ich sah jedes Schicksal dahinter. Menschen, die versucht hatten, dem Grauen zu entkommen. Die bis zum Schluss für ihre Würde und ihr Leben gekämpft hatten. Und Menschen, die genau diesen Kampf verloren hatten. Es waren Menschen wie Adam, die dort zu Haufen zusammengekarrt worden waren.

»Komm, wir müssen weiter«, flüsterte Sophia und zog mich mit, damit wir nicht verloren gingen.

Ich hätte heute nicht hierher kommen sollen. Zu präsent waren die Erinnerungen. Seine Lippen, seine Berührungen, seine Nähe. Doch es waren auch die Gespräche, die wir bei den letzten Besuchen geführt hatten.

Es war jetzt eineinhalb Wochen her, dass ich ihn kennengelernt hatte. Ich hatte ihn so oft besucht, wie es mir möglich gewesen war. Nicht nur, um ihn mit Lebensmitteln zu versorgen, sondern einfach, um mit ihm Zeit zu verbringen und ihm Kraft zu geben. Ich hatte das Gefühl, dass der Umgang zwischen uns beiden mittlerweile deutlich lockerer geworden war. Gestern war ich mehrere Stunden bei ihm geblieben. Wir hatten in der Scheune gesessen, gelacht und geredet.

Ich machte sein Leben ein bisschen leichter, denn ansonsten hatte er nicht viel zu lachen. Das hatte er mir zumindest erzählt. Und die Tatsache, dass ich sein Leben auch nur ein klein wenig verbessern konnte, erfüllte mich mit Zufriedenheit.

Wir betraten eine Baracke, und sofort fühlte ich mich noch unwohler. Es war eng und roch muffig. Die Doppelstock- oder besser gesagt Dreifachbetten reichten bis zur Decke hoch. Zwischen Mauer und Betten war nur ein schmaler Gang, der es kaum zuließ, dass man sich einmal um die eigene Achse drehen konnte.

»Hier drin haben bis zu dreißig Menschen gewohnt«, erzählte Fricke und sah noch ernster aus als sonst. »Es gab keine Heizung und auch kein Feuer. So kalt, wie es jetzt ist, war es auch damals. Die Menschen haben sich deshalb dicht aneinandergelegt, um nicht zu erfrieren. Ihr müsst euch vorstellen, dass das Menschen waren, die sich nicht kannten, aber der Überlebenswille hat sie verbunden. Dadurch dass so viele in eine Baracke gesteckt wurden, haben sich Krankheiten sehr schnell ausgebreitet. Es kam oft vor, dass morgens nicht alle wieder aufgewacht sind. Es war ein schrecklich hartes Leben. Man konnte beispielsweise auch nicht nachts auf die Toilette gehen. Wenn man die Baracke verlassen hätte, wäre man vielleicht sogar erschossen worden. Und ihr müsst bedenken, dass jeder schon einmal mit dem Tod konfrontiert worden war. Jeder kannte jemanden, der von den Nazis umgebracht worden war. Dementsprechend war natürlich auch die Stimmung in solchen Baracken. Es herrschte ständige Angst, aber natürlich gab es auch Aggressionen, weil man so dicht gedrängt aufeinandersaß und des Lebens überdrüssig war.«

Bei all den Schilderungen stellte ich mir Adam vor, der in dieser Situation gewesen sein könnte. Ich spürte, wie eine Träne aus meinem Auge flüchtete.

»Es ist völlig in Ordnung, wenn man bei diesem Anblick von seinen Gefühlen überrumpelt wird«, sagte Fricke mit Blick in meine Richtung.

Na, vielen Dank auch. Mit diesem Satz war mir die Aufmerksamkeit aller sicher. Einer von ihnen war Leon. Er warf mir einen mitleidigen Blick zu.

»Mein Gott, guckt woanders hin! Noch nie ein weinendes Mädchen gesehen«, maulte ich in meinen Schal hinein.

»Hast du deine Tage, oder warum bist du so hypersensibel?«, konterte einer unserer größten Idioten: Erik.

Mein Gehirnzentrum für spontane Wutausbrüche fühlte sich angesprochen. Doch ehe ich antworten konnte, ergriff jemand anderes das Wort.

»Alter, halt's Maul!«, sprang Leon für mich ein.

»Hey! Das hier ist die Gedenkstätte eines Konzentrationslagers«, meckerte Fricke. »Könntet ihr euch wenigstens hier wie zivilisierte Menschen benehmen, wenn ihr das schon nicht in der Schule schafft? Ein bisschen Respekt wäre durchaus angebracht!«

Wir alle verstummten und warfen uns nur noch böse Blicke zu.

Wir verließen die Baracke und gingen in ein weiteres Gebäude, in dem es eine kleine Ausstellung gab. In Glasvitrinen lagen Habseligkeiten der ehemaligen Häftlinge. Es waren Kämme und Ketten, Puppen und Perücken, Bilder und Bücher. Alles Dinge, die Menschen mal etwas bedeutet hatten.

Mein Herz stoppte, als ich einen roten Kindermantel sah.

Nein!

Nein, das konnte nicht wahr sein. Unmöglich!

Meine Hände begannen zu zittern, genau wie meine Unterlippe. Ich sah mir die Details an: schwarze Knöpfe, eine silberne Brosche, die eine Blume darstellte. Der Mantel hatte Kindergröße.

»Anna«, kam es über meine Lippen, während mir ein kalter Schauer über den Rücken lief.

Das war ihr Mantel. Adams Schwester! Sie hatte diesen Mantel getragen, als ich mit ihr den Schneemann gebaut hatte. Ich war mir hundertprozentig sicher. In den 40ern hatte es noch keine Massenproduktion wie in der heutigen Form gegeben.

Ich sah auf das Schild, das an der Vitrine hing: *Mantel eines Mädchens, das in den Gaskammern ums Leben gekommen ist. Name unbekannt.*

Ich schüttelte ungläubig den Kopf, stolperte rückwärts. Ich wollte nur noch hier raus. Es schnürte mir meine Atmung ab, als würde jemand versuchen, mich zu erwürgen.

Meine Beine setzten sich in Bewegung, und ich rannte aus dieser Baracke.

Auch die frische Luft konnte keine Abhilfe schaffen. Ich wusste nicht, wohin ich eigentlich laufen sollte, und ließ mich an einer großen Eiche, die allein auf einer Wiese stand, nieder.

Ich zog meine Knie an den Körper und vergrub mein Gesicht in den Händen. Ich heulte, als hätte ich soeben erfahren, dass meine gesamte Familie bei einem Autounfall ums Leben gekommen war. Und, ehrlich gesagt, ich fühlte mich auch so. Ich war in Adam verliebt, und die Vorstellung, dass er auf diese Art und Weise in diesem Lager gestorben war, zerbrach mir das Herz. Und selbst wenn er überlebt hätte, dann hätte trotzdem seine Schwester hier ihr Leben gelassen. Denn das war sicher. Anna war hier getötet worden – dieses kleine, süße und unschuldige Mädchen, das sich so sehr über einen einfachen Schneemann gefreut hatte. Man hatte sie ermordet. Sie hatte nie etwas anderes als Krieg kennengelernt und war viel zu früh auf leidvolle Art gestorben.

Mein Vater hatte immer gesagt, dass man die zerbrochenen Scherben eines Herzens einfach zu einer Discokugel zusammensetzen sollte. Frei nach dem Motto »das Beste aus der Situation machen«. Doch in diesem Moment konnte ich an etwas Positives nicht einmal denken. Die Scherben meines Herzens schnitten in meinen Körper. Alles schmerzte. Ich fühlte mich, als würde ich in ein tiefes schwarzes Loch fallen, aus dem ich nie wieder herauskommen würde.

Ein Arm legte sich um meine Schulter, und ich zuckte zusammen.

Kurz dachte ich, dass es Adam war, doch natürlich konnte er es nicht sein. Das hier war die Gegenwart.

Ich öffnete meine Augen und sah Leon.

Seine grünen Augen waren auf mich gerichtet. Die Stirn war leicht in Falten gelegt, und eine Haarsträhne fiel ihm ins Gesicht. »Was machst du denn hier draußen?«, fragte er vorsichtig. »Es ist arschkalt, und du sitzt hier mit deiner dünnen Hose im Schnee?«

Ich gab ihm keine Antwort. Zu meiner Überraschung setzte er sich neben mich und drückte mich fürsorglich an sich. Ich wehrte mich nicht dagegen. Stattdessen war ich einfach nur froh, jemanden zu haben, der mich umarmte. Es fühlte sich ein bisschen an wie früher.

»Schsch ... ist gut«, redete er sanft auf mich ein. »Ich bin hier. Es passiert dir nichts. Das alles ist doch schon viele Jahre her. Selbst die Leute, die hier gelitten haben, haben mittlerweile ihren Frieden gefunden.«

Wenn es doch nur so einfach wäre.

Er küsste mich leicht auf die Stirn. »Alles ist gut. Ich bin hier. Du kannst dich, so lange, wie du willst, an meiner Brust ausweinen. Okay? Ich weiß, dass in letzter Zeit vieles schiefgelaufen ist zwischen uns. Das heißt aber nicht, dass ich nicht für dich da bin. Du bedeutest mir nach wie vor unglaublich viel.«

Ich nahm seine Worte einfach so hin und legte meinen Kopf an seine Schulter.

Vor meinem inneren Auge sah ich die kleine Anna, die mit kahl rasiertem Kopf, nackt und mit verängstigtem Blick in die Gaskammer getrieben wurde. Wie sie dachte, dass sie dort nach Monaten endlich eine warme Dusche bekommen würde, und dann feststellen musste, dass sie einen grauenvollen Tod sterben würde. Sie war ein kleines Mädchen gewesen, das vielleicht qualvoll erstickt war. Vielleicht war sie auch erschossen worden, verhungert oder einer Krankheit erlegen. Doch Fakt war, dass sie gelitten hatte, denn offenbar hatte sie ihre letzten Tage in diesem Lager verbracht. Ich wollte gar nicht darüber nachdenken, wie lange ihr Todeskampf gedauert haben musste.

»Mein Uropa ist auch in einem Konzentrationslager gestorben«, erzählte Leon. »Ich kann verstehen, wie du dich fühlst.«

Nein, konnte er nicht. Er hatte seinen Urgroßvater nie kennengelernt. Aber ich ... ich kannte Adam.

Leon küsste mich auf die Wange. Sofort drehte ich meinen Kopf von ihm weg. Ich wollte das nicht!

»Sorry«, murmelte er entschuldigend und schien immerhin zu merken, wie unangebracht sein Kuss gewesen war.

Ich hatte nicht die Kraft, um irgendetwas zu sagen. Ich wollte einfach nur weinen und zurück zu Adam reisen. Doch das musste noch bis heute Nachmittag warten, denn die Taschenuhr und das Buch lagen zu Hause. Ich hatte Oma versprochen, sie nach der Exkursion zu besuchen und für sie einzukaufen, und hatte keine Ahnung, wie ich die folgenden Stunden überstehen sollte.

Kapitel 10 Der Schock

»Schatz, was ist denn los mit dir? Du wirkst irgendwie bedrückt.«

Ich versuchte, mir ein Lächeln auf die Lippen zu zwingen. »Das ist der Stinkekäse, den ich dir mitbringen sollte und dessen Geruch sich in mein Gehirn gebrannt hat und mich wahrscheinlich noch in meinen Albträumen verfolgen wird«, versuchte ich, meine Sorge zu verbergen. Ich zeigte auf das Teufelsstück, das ich von der Käsetheke mitgebracht hatte.

Ich hatte tatsächlich nie verstanden, warum man etwas freiwillig aß, was wie Sportsocken roch, die in einer Trainingstasche drei Wochen vor sich hin gekeimt hatten.

»Der Geruch ist aber nicht so schlimm, dass einem die Augen tränen und anschwellen«, entgegnete Oma ernst.

Da meine Augen nach dem Weinen immer aussahen, als hätte ich Zwiebelsaft als Augentropfen verwendet, hätte ich wissen müssen, dass Oma mir meine Traurigkeit ansah. Da hätte auch eine Extraschicht Make-up nichts geholfen.

Ich seufzte. »Es ist kompliziert«, murmelte ich und versuchte, den Gedanken an den roten Mantel von heute Vormittag und alles, was damit zusammenhing, zu verdrängen. Ich konnte Oma unmöglich die Wahrheit sagen. Ich hatte ihr von meinem ersten Kuss, meiner ersten Periode und meinem ersten Mal erzählt, aber ich konnte ihr nicht von meiner ersten Zeitreise erzählen.

»Jungs?«, fragte sie und legte einen Arm um meine Schulter.

»Irgendwie schon«, antwortete ich, während sich mein Herz zusammenzog.

»Willst du darüber reden?«

Ich schüttelte den Kopf. Zwar wollte ich darüber reden, aber ich konnte es nicht. Zu groß war die Angst, dass meine Großmutter mich entweder in die Klapse einweisen ließ oder aber auf der Stelle an einem Herzinfarkt verstarb, weil ihre geliebte Enkeltochter nun völlig durchdrehte.

»Falls du doch darüber sprechen willst, kannst du jederzeit zu mir kommen. Ansonsten kann ich dir nur den Rat geben, dass Schokolade und Ausheulen am besten helfen. Als ich jung war, war für mich auch jeder Liebeskummer das größte Drama. Ich dachte, die Welt würde zerbrechen und ich nie wieder Glück empfinden. Aber weißt du was?« Sie lächelte mich nun an. »Als Teenager gaukeln einem die Hormone viel vor, und man wird schnell zur Drama Queen. Mit etwas Abstand wirst du sehen, dass es gar nicht mehr so schlimm ist. Die Zeit heilt vielleicht nicht alle Wunden, aber die meisten.«

Wieder zog ich verkrampft meine Mundwinkel hoch, um meine Verletzlichkeit nicht zu offenbaren. »Ja, da hast du wahrscheinlich recht«, zeigte ich mich von meiner einsichtigen Seite.

»Was hältst du davon, wenn wir zur Ablenkung eine Partie Rommé spielen?«, fragte sie mich, nun höchst motiviert.

Ehe ich antworten konnte, hatte sie jedoch bemerkt, dass meine Lust auf Kartenspiele heute so gering war wie noch nie. Nun seufzte auch sie und tätschelte meine Wange.

»Okay, Kleines, wir verschieben das. Du siehst aus wie ein Häufchen Elend. Wahrscheinlich ist es das Beste, wenn du nach Hause gehst, ein heißes Bad nimmst und dann schlafen gehst. Und morgen sieht die Welt schon wieder anders aus.«

Dankend nickte ich, denn ich konnte an nichts anderes denken als an Adam und das Bedürfnis, sofort zu ihm zu reisen. »Danke, Oma!«

»Nicht dafür! Ich habe mich zu bedanken, weil du für mich mal wieder einkaufen warst!«

»Das mache ich doch gern!«

Sie lächelte liebenswürdig. »Grüß deine Eltern und deine Schwester von mir, und sag Svea bitte, dass ich mich sehr freuen würde, wenn sie mich auch mal wieder besuchen käme. Oder wenigstens mal ein Anruf. Ich habe schon ein paarmal versucht, sie zu erreichen, aber sie geht nie an ihr Telefon.«

Ich nickte, wusste aber ganz genau, dass Svea es nicht die Bohne interessieren würde. Sie war die Art von Enkelkind, die sich an Weihnachten und zum Geburtstag immer über den Geldschein im Umschlag freute, aber nicht mal auf die Idee kam, ihre Oma zum Geburtstag anzurufen. Es war eine Schande. Genauso wie die Tatsache, dass sie nicht an ihr Handy ging, wenn sie auf dem Display *Oma* las. Zu oft hatte ich eine solche Situation schon erleben müssen. »Boah, hat Oma keine Hobbys oder was?«, hatte Svea immer genervt gesagt.

Ich zog mir meine Jacke über und wickelte mich in meinen dicken Schal.

Oma drückte mir wieder einen Schein in die Hand.

»Oma, ich habe nur 20 Euro bezahlt«, protestierte ich sofort.

Sie zuckte mit den Schultern und lachte schief. »Der Rest ist für die Trostschokolade.«

30 Euro für Schokolade? Dann sollte sie mir auch gleich einen 50er für die Anmeldung bei den Weight Watchers geben.

»Danke!«

Oma umarmte mich noch einmal herzlich. »Das wird schon wieder!«, versuchte sie, mich aufzumuntern.

»Ja«, sagte ich tapfer und schlüpfte in meine Schuhe rein.

Ich winkte zum Abschluss und lief dann schnell die Treppen nach unten. Ich hatte es unglaublich eilig. Es dämmerte schon, und eigentlich wollte ich nicht in absoluter Dunkelheit bei Adam ankommen.

Als ich zu Hause war, stand Svea im Flur und heulte große Krokodilstränen. Ein Gefühl des Mitleids löste es bei mir jedoch nicht aus.

»Mit diesem Ausschnitt gehst du nicht aus dem Haus!!«, schrie Mama deutlich genervt.

»Das ist mein Leben und mein Körper, und ich kann anziehen, was ich will«, kreischte meine kleine Schwester zurück.

»Du läufst nicht wie eine Prostituierte rum!«

»Nenn mich nicht Prostituierte!«

»Ich habe dich nicht Prostituierte genannt, sondern nur gesagt, dass du dich so anziehst!«

»Du hast es zu mir gesagt, ich könnte zum Jugendamt gehen!«

Ich verdrehte die Augen und warf Mama einen mitleidigen Blick zu, weil sie diesen sinnlosen Kampf gerade führen musste.

Ich huschte an den beiden vorbei und lief nach oben in mein Zimmer. Die Tür schloss ich hinter mir zu. Eigentlich durften wir das nicht, doch ich wollte kein Risiko eingehen, bei meiner Zeitreise erwischt zu werden.

Ich griff nach der Taschenuhr und stach mir in den Finger, damit mein Blut an der Nadel klebte. Dann platzierte ich die Nadel an der gewohnten Einstichstelle auf der Karte. Mittlerweile war ich schon routiniert. Selbst an das Gefühl des Schrumpfens begann ich, mich langsam zu gewöhnen.

Es war das erste Mal, dass ich es ohne Sophia tat. Bis jetzt hatte sie immer in der Gegenwart auf mich gewartet, doch ich fühlte mich sicher genug, um es das erste Mal allein auszuprobieren.

Mein Herz schlug mit Höchstleistung, denn ich musste Adam irgendwie erklären, dass er da, wo er sich jetzt befand, nicht sicher war. Man würde sie dort irgendwann erwischen und in ein Konzentrationslager bringen. Zumindest war das mit Anna geschehen. So viel war sicher.

Ich landete im Stroh. Es war dunkel. Aber nicht so dunkel, wie ich es erwartet hatte.

Etwas irritierte mich.

Es gab eine Lichtquelle, und zwar eine sehr große. Ich spürte sofort, dass etwas nicht stimmte. Nun bemerkte ich auch den Geruch und die Wärme. Ich sprang auf und rannte der Lichtquelle entgegen.

Das Haus brannte. Dichter Rauch wehte über das angrenzende Feld. Ein verbrannter Geruch stieg in meine Nase.

Noch nie zuvor hatte ich ein so großes Feuer gesehen. Funkenregen durchzog die Nacht. Die Hitze war so stark, dass ich das Gefühl hatte, in einer Sauna mit Aufguss zu sitzen.

Mein Herz und meine Atmung erhöhten ihre Frequenz.

»Adaaaam!«, schrie ich panisch vor Sorge. Was war hier passiert? Sicherlich war es nicht schlau herumzuschreien. Schließlich war ich mitten im Zweiten Weltkrieg, doch im Moment konnte ich an nichts anderes denken als an Adam ... und Anna.

Verzweifelt sah ich mich um.

Ich konnte nirgendwo Menschen sehen. War er noch im Haus? Wenn ja, dann war ihm der Tod sicher.

»Adam!«, schrie ich erneut. Ich war überfordert, hilflos. Was sollte ich tun? Ins Haus reingehen? Versuchen, den Brand zu löschen? 112 konnte ich ja schlecht wählen.

Für einen Moment stand ich wie angewurzelt da und suchte verzweifelt nach einer Lösung. Dann rannte ich um das Haus herum. Vielleicht konnte man von der anderen Seite noch in das Gebäude rein und jemanden herausholen? Doch so weit musste ich gar nicht gehen. Denn ich sah einen Körper im Schnee liegen.

»Adam!«, schrie ich erneut und rannte zu ihm.

Er war verletzt, und zwar schwer. Er hatte eine stark blutende Platzwunde am Kopf. Sein rechtes Auge war zugeschwollen.

Verdammt!

Ich fiel auf die Knie, nahm seine Hand und drückte sie fest. »Adam, kannst du mich hören?«

»Anna!«, wimmerte er.

»Ist sie noch im Haus?«, fragte ich verrückt vor Angst und legte meinen Schal ab, um ihn auf seine Wunde zu drücken.

»Sie haben sie mitgenommen«, hustete er, und erst jetzt bemerkte ich, dass er auch am Oberkörper blutete. Ich schob sein Shirt zur Seite und musste erschrocken feststellen, dass er von einer Kugel getroffen worden war.

O mein Gott! Er hatte eine Schusswunde!

»Wer hat sie mitgenommen? Was ist passiert?«, fragte ich aufgeregt und versuchte, irgendwie die Ruhe zu bewahren, um ihn bestmöglich versorgen zu können. Ich drückte den Schal nun auf die Schusswunde.

»Die Nazis. Sie haben Anna und meine Mutter mitgenommen. Alle anderen haben sie in einen Raum gesperrt und das Haus angezündet. Ich konnte fliehen, aber sie haben auf mich geschossen«, berichtete er im Schock und unter Schmerzen. »Sie werden auch Anna und meine Mutter töten«, sagte er verzweifelt, den Tränen nahe.

Ja, sie würden Anna töten. Was das betraf, konnte ich nicht widersprechen. Ich versuchte stark zu bleiben.

»Schaffst du es, in die Scheune zu gehen?«, fragte ich und versuchte ihn aufzurichten. »Du kannst nicht im Schnee liegen bleiben. Dann erfrierst du.«

Er verzog das Gesicht vor Schmerzen. Er musste unglaubliche Qualen durchleiden, doch er schaffte es, sich aufzurichten.

»Sehr gut«, lobte ich ihn und stütze ihn, während er gebeugt, mit kleinen Schritten und sehr langsam in Richtung Scheune stolperte.

»Du solltest weglaufen«, sagte er schließlich. »Vielleicht kommen sie zurück! Dann nehmen sie dich auch noch mit!«

Ich schüttelte den Kopf. »Kommt gar nicht infrage!«

»Ich werde eh sterben!«

Ich blieb vor Entsetzen kurz stehen und sah ihn geschockt an.

Sein Zustand war in der Tat übel, aber er würde nicht sterben. Das würde ich nicht zulassen.

»Nein, das wirst du nicht! Dafür sorge ich!«, sagte ich entschieden.

»Du hast doch nicht einmal Medizin. Alles, was du mir neulich gegeben hast, ist im Haus verbrannt.«

»Dann hole ich eben neue!«, gab ich entschlossen von mir.

Ich würde alles tun, um ihn zu retten.

Erschöpft fiel Adam ins Stroh. Er stöhnte auf und hielt sich seine Hand auf die Wunde am Kopf.

Sein Leben hing jetzt von mir ab. Nur ich konnte ihn retten. »Hör zu, Adam! Ich muss dich kurz allein lassen! Ich brauch fünf Minuten. Mehr nicht. Ich hole nur schnell Verbandszeug, Schmerztabletten und all so was. Halte durch, ja? Du schaffst das! Bitte gib nicht auf!«

Nun weinte ich doch.

All das war zu viel für mich. Ich wollte ihn nicht verlieren. Ich beugte mich zu ihm runter und küsste ihn sanft auf die Lippen. »Bitte, halte durch!«, flehte ich ihn an und strich ihm über die Wange. »Du bist stark! Das weiß ich! Du schaffst das!«

Sein Blick wirkte hoffnungslos und verloren. Er hatte eben gesehen, wie man einen Teil seiner Familie bei lebendigem Leibe verbrannt und den anderen Teil mitgenommen hatte. Wer würde da nicht den Lebensmut verlieren?

»Halte durch«, wiederholte ich mich. »Tu es für mich, ja? Ich will nicht wiederkommen und dich hier tot vorfinden! Bitte, bitte, kämpfe!«

Tränen liefen über seine Wangen und vermischten sich dort mit Blut.

Er streckte seine Hand nach mir aus und berührte meine Wange sanft. »Du bist alles, was ich habe«, flüsterte er entkräftet.

Ich schluckte schwer und küsste ihn noch mal. Dann legte ich meinen Wintermantel als Decke über ihn, damit er nicht zu sehr auskühlte.

»Ich bin gleich wieder da!«, ließ ich ihn wissen, sprang auf und stürmte aus der Scheune, zog meine Taschenuhr aus der Hosentasche und drehte mit blutverschmierten Fingern an dem Rädchen.

Ich musste jetzt schnell sein, oder ich würde nichts als Adams Leiche in diesem Stroh wiederfinden.

Kapitel 11 Die Rückkehr

Ich schloss übereilt meine Zimmertür auf und hastete mit meiner Sporttasche in das Badezimmer, das nur Svea und ich benutzten. Es musste jetzt alles schnell gehen! Ich durfte keine Zeit verlieren.

Im Bad lagerte unser Erste-Hilfe-Kasten. Ich schnappte ihn mir und griff gleichzeitig nach einem großen Badehandtuch. Beides stopfte ich in die Tasche. Im Spiegelschrank lagerten all unsere Medikamente. Ich entschied mich für die stärksten. Es waren die, die Mama immer einnahm, wenn sie Migräne hatte. Ihr würde mit Sicherheit auffallen, dass die gesamte Schachtel fehlte, doch im Moment konnte ich über die Konsequenzen nicht nachdenken. Ich würde mir später eine gute Ausrede dafür einfallen lassen müssen. Es ging jetzt einzig und allein darum, dass Adam überlebte. Dafür nahm ich gern lebenslangen Hausarrest oder was auch immer meine Eltern sich einfallen lassen würden in Kauf.

»O, mein Gott, was tust du da?«, kreischte es plötzlich hinter mir, und ich zuckte zusammen.

Meine Schwester sah mich entgeistert an. »Ist das Blut an deinen Händen?«, fragte sie und wirkte verstört.

Ich sah an mir hinunter und auf die Blutspuren an den Schränken, die ich angefasst hatte.

»Hau ab!«, war alles, was ich in meinem Schock sagen konnte. Zu tief saß noch die Erinnerung an Adam und seine Verletzungen.

»Ich werde bestimmt *nicht* abhauen! Du sagst mir jetzt erst, was hier los ist? Wofür brauchst du diese ganzen Sachen, und woher kommt das Blut? Hast du jemanden umgebracht?«

Logisches Denken war noch nie ihre Stärke gewesen. Wäre ich eine Mörderin, würde ich wohl kaum den Erste-Hilfe-Kasten mitgehen lassen. Ich versuchte meine Schwester zu ignorieren, und packte Wundsalbe ein. Fiebersenkende Mittel konnten wohl auch nicht schaden.

»Ida, jetzt mach, verdammt noch mal, den Mund auf, hier stimmt doch was nicht!«

Ihre Stimme klang zunehmend panischer.

Zugegebenermaßen würde ich mich wohl ähnlich fühlen, wenn ich meine Schwester blutverschmiert im Badezimmer antreffen würde. Doch darauf konnte ich jetzt keine Rücksicht nehmen. Jemand anderes hatte Priorität. Und meine Schwester hatte sich schon lange das Recht verspielt zu erfahren, was in meinem Leben los war.

Als ich meine Beute in die Tasche legte, fiel mir auf, dass meine Hände noch immer zitterten. Noch nie hatte ich meinen Körper in einem solchen Extremzustand erlebt.

Plötzlich umgriffen zarte Finger erstaunlich kraftvoll mein Handgelenk. »Sieh mich an!«, brüllte meine Schwester, während ihr Kopf knallrot anlief.

»Lass mich los!«, passte ich mich ihrer Tonlage an, doch sie hielt mich weiter fest. »Ich sag es Mama!«

Ich war mir ziemlich sicher, dass weder Mama noch Papa im Moment zu Hause waren. Sonst wären sie schon längst hier. Ich befreite mich mit einer kontrollierten Bewegung aus ihrem Griff und rannte mit der Tasche in die Küche. Dort packte ich Bananen, Nüsse und Brot in die Tasche. Außerdem eine Flasche Apfelsaft. Auf dem Weg zurück in mein Zimmer griff ich den Wintermantel meines Vaters.

Svea blieb mir dicht auf den Fersen.

Immer wieder fragte sie mich, ob ich nun vollkommen durchgedreht sei. Sätze wie »Was willst du damit?« und »Das kannst du doch nicht einfach so mitnehmen!« stürzten auf mich ein.

Als ich der Meinung war, alles Wichtige zu haben, rannte ich in mein Zimmer. Svea versuchte, mich noch einmal zu erwischen, doch ich reagierte schnell und gab ihr eine Ohrfeige. Nicht doll, aber doll genug, um sie für einen kurzen Moment in eine Schockstarre zu versetzen. Ich nutzte die Gelegenheit, um in mein Zimmer zu flüchten und die Tür hinter mir zuzuschmeißen. Ich spürte, wie Svea versuchte, mir zu folgen, doch ich schaffte es, den Schlüssel zu drehen, sodass meine Schwester nur noch gegen die verschlossene Tür hämmern konnte.

»Ida, mach sofort auf!!«

Ich tat es nicht. Ich dachte nicht einmal daran. Stattdessen griff ich nach der Taschenuhr und nach meinem Schlafsack, der unter dem Bett hervorguckte.

Dann umhüllte mich die erdrückende Schwärze.

Ich war in gewisser Weise erleichtert, Adam noch im Strohhaufen liegen zu sehen. Doch sofort packte mich auch die Angst, dass sein Herz vielleicht nicht mehr schlug.

Wie lange war ich weg gewesen? Vielleicht zehn Minuten? Oder doch eine halbe Stunde? Ich hatte jegliches Zeitgefühl verloren.

»Adam!«, rief ich und sprintete zu ihm. Ich ließ die Tasche und den Schlafsack zu Boden fallen und griff nach seiner Hand. Die Augen waren geschlossen und seine Hand eiskalt. »Adam!«, flüsterte ich und strich ihm über die Wange.

Sachte hob er seine Augenlider und sah mich mit seinen blauen Augen an.

»Ich bin wieder da!«, ließ ich ihn wissen. »Jetzt wird alles gut.« Ich öffnete die Sporttasche und fischte als Erstes die Schmerztabletten heraus. Im Moment brauchte er das wohl am dringendsten. »Nimm die! Dann gehen die Schmerzen weg!«

Er griff nach den zwei Pillen und schien nicht ganz bei klarem Verstand zu sein. Sein Blick wirkte etwas verloren.

Ich reichte ihm den Apfelsaft. »Hiermit kannst du die leichter herunterschlucken!«

Er schüttelte kaum sichtbar den Kopf und schluckte zwei Tabletten ohne Flüssigkeit.

Dann widmete ich mich seiner Schusswunde. Es kostete mich viel Überwindung, überhaupt hinzusehen. Das Blut war an den Rändern schon verkrustet, doch die Wunde selbst war noch frisch. Ich fragte mich, wie lange er wohl schon im Schnee gelegen hatte, als ich ihn gefunden hatte. Ich nahm mir eine Pinzette aus dem Erste-Hilfe-Kasten und schob ganz leicht die Haut auseinander, sodass ich in die Wunde hineinsehen konnte. Sofort verkrümmte sich Adams Körper.

»Tut mir leid«, entschuldigte ich mich. »Aber ich kann die Kugel sehen. Die ist nicht tief drin. Ich muss sie rausziehen, oder das Gewebe wird sich entzünden.« Ich sah Adam ins Gesicht. Er war nicht mehr fähig, viel wahrzunehmen. »Ich versuche es schnell zu machen, damit du es hinter dir hast.«

Er schrie auf, als ich mit der Pinzette eindrang. Noch nie hatte ich jemanden auf diese Art und Weise schreien gehört. Er musste unendliche Schmerzen erleiden, doch darauf konnte ich jetzt keine Rücksicht nehmen. Es ging schließlich darum, sein Leben zu retten.

»Du schaffst das«, versuchte ich, ruhig zu sagen, und unterdrückte die Tränen. »Gleich hast du es geschafft«, sagte ich mit zittriger Stimme. Ich ging tiefer mit der Pinzette, und sein gesamter Körper verkrampfte. Er versuchte sein Schreien zu unterdrücken. »Das machst du sehr gut. Halte durch, Adam!«

Ich spürte den Widerstand in der Wunde und versuchte das Projektil zu greifen. Beim zweiten Versuch gelang es.

Flink, aber vorsichtig zog ich es heraus. Adams Stimme brannte sich in mein Gehirn. So hörte sich jemand an, der Schmerzen erlitt, die weder Körper noch Geist ertragen konnten. Sofort drückte ich das Handtuch auf die Wunde, denn Blut schoss aus seinem Körper.

Verdammt! Hatte ich eine wichtige Ader getroffen?

Shit! Shit! Shit!

Ich presste das Handtuch fester auf die Wunde. Panisch sah ich zu Adam. Er wirkte abwesend, was aber auch an der zunehmenden Wirkung der Schmerztabletten liegen konnte. Schließlich hatte er zwei Tabletten genommen, obwohl man eigentlich nur eine einnehmen sollte.

»Das Schlimmste ist jetzt vorbei«, ließ ich ihn wissen, ohne eine Reaktion zu bekommen.

Nach einer Weile nahm ich das Handtuch wieder von der Wunde und stellte erfreut fest, dass die Blutung aufgehört hatte. Das Desinfektionsspray, die Wundsalbe, die Kompresse und der Verband konnten zum Einsatz kommen.

Als ich das geschafft hatte, atmete ich einmal tief durch. Ich fühlte mich, als wäre ich soeben einen Marathon gelaufen. Doch noch war meine Arbeit nicht getan. Am Kopf klaffte nach wie vor eine tiefe Platzwunde. Auch diese musste ich irgendwie versorgen.

Adam war mittlerweile weggeschlummert. Es war wohl besser so, denn was jetzt folgte, sollte er besser nicht bewusst mitbekommen.

Ich musste über meinen Schatten springen.

Nie im Leben hätte ich gedacht, dass ich mich mal in so einer Situation befinden würde.

Ich holte Nadel und Faden aus dem Erste-Hilfe-Koffer, denn das war kein normaler Erste-Hilfe-Kasten. Mein Vater war Arzt und hatte daher eine deutlich bessere Ausstattung. Leider hatte er mir jedoch nie beigebracht, wie man eine Wunde nähte.

Ich hatte *Grey's Anatomy* genauso gesuchtet wie *Doctor's Diary* und *Private Practice*. Ich wünschte in diesem Moment so sehr, dass ich dem medizinischen Teil mehr Beachtung geschenkt hätte als den Dreiecksgeschichten.

Ich musste einen Würgereiz unterdrücken, als ich den ersten Stich ins Fleisch setzte. Der Anblick war widerlich, doch ich zwang mich, Stich für Stich weiterzumachen, bis die Wunde geschlossen war. Ich war mittlerweile in einer Art Trance und funktionierte nur noch, ohne wirklich darüber nachzudenken.

Als mein Werk getan war, klebte ich ein großes Pflaster auf die Naht. Mein Körper war vollkommen kraftlos. Ich schwitzte so sehr, dass meine Haare an meinem Kopf klebten.

Ich strich Adam über die Wange.

»Es wird alles gut«, hauchte ich ihm zu, auch wenn er mich im Moment nicht hören konnte.

Ich holte nun den Mantel meines Vaters und deckte Adam damit zu. Auch der Schlafsack musste dafür herhalten. Es war richtig kalt, und er durfte unter keinen Umständen auskühlen. Er hatte viel Blut verloren, und wenn ich in Biologie richtig aufgepasst hatte, fror man dann schneller.

Ich kuschelte mich an ihn und beschloss, die Nacht bei ihm zu bleiben. Er brauchte mich mehr denn je.

Natürlich machte ich kein Auge zu. Dazu war zu viel passiert, und ich war entsetzlich aufgewühlt. Stattdessen lag ich neben ihm, kontrollierte, ob er eine regelmäßige Atmung und eine normale Körpertemperatur hatte. Die Angst war groß, dass eine seiner Wunden sich entzündete.

Die Nacht über passierte zum Glück nichts weiter. Er schlief durch, was wohl den Tabletten zu verdanken war.

Erst als es hell wurde, öffnete er die Augen und schien komplett verwirrt.

»Ida?«, fragte er mit schwacher Stimme.

Ich hatte meinen Kopf auf seinem Oberarm abgelegt.

»Was machst du hier?«

Er hatte eine Kopfverletzung gehabt. Vielleicht erinnerte er sich gar nicht mehr an das, was geschehen war.

»Ich habe auf dich aufgepasst. Kannst du dich an gestern Abend erinnern? Hast du Schmerzen?«, sprudelte aus mir heraus.

Er sah an sich herab und fand die verbundene Schusswunde. Er wurde blass. »Was ist passiert?«, flüsterte er mit angsterfülltem Blick.

»Du wurdest angeschossen …«

»Meine Familie!«, unterbrach er mich sofort. »Wo sind sie alle?«

Ich schluckte schwer und überlegte mir die nächsten Worte ganz genau. Er musste diesen Schmerz nicht noch einmal erleben. Ich konnte ihn davor beschützen. Jedoch musste ich darauf hoffen, dass seine Erinnerungen nicht doch zurückkommen würden. Ich hatte keine Ahnung, wie die Quote war, aber von den Erzählungen meines Vaters wusste ich zumindest, dass es üblich war, dass man sich bei Kopfverletzungen oft nicht mehr daran erinnern konnte, wie es zu dieser Verletzung gekommen und was genau passiert war.

»Sie mussten fliehen«, log ich. »Die Nazis waren hier. Euer Haus wurde angezündet. Deine Familie wollte dich nicht zurücklassen, aber du warst schwer verletzt und zu schwach, um mit ihnen zu gehen. Ich habe ihnen versprochen, dass ich mich um dich kümmern werde.«

Sein Blick ging ins Leere, doch er schien mir zu glauben. »Sind Sie sicher dort, wo sie jetzt sind?«

»Ich denke schon. Sie wollen versuchen, das Land zu verlassen. Mehr weiß ich leider nicht.«

Adam hielt kurz inne und sah mich dann mit tränenerfülltem Blick an. »Sie haben das Richtige getan«, sagte er schweren Herzens. »Sie mussten mich zurücklassen. Ich nehme es ihnen nicht übel. Ich bin froh, dass sie fliehen konnten, und ich werde sie wiederfinden. Ich hoffe einfach nur, dass sie in Sicherheit sind. Das ist alles, was zählt.«

Ich nickte und biss mir gleichzeitig auf die Unterlippe. Er würde seine Familie nie wiedersehen.

»Ich muss den Verband wechseln«, versuchte ich vom Thema abzulenken.

Adam, der wieder bei vollem Verstand zu sein schien, schüttelte den Kopf. »Nein, ich kann das allein. Du hast die ganze Nacht hier verbracht, oder?«

»Schon möglich.«

»Dann geh jetzt nach Hause, und wärm dich auf!«

Er hatte recht. Ich musste nach Hause, denn mittlerweile würde man mich auch schon in der Schule vermissen. Wahrscheinlich hatte Svea meine Eltern eh schon benachrichtigt. Oh, verdammt! Ich war verschwunden und hatte das reinste Chaos zurückgelassen. Meine Familie war sicherlich am Durchdrehen.

»Ich habe Angst um dich!«, gestand ich ihm.

»Brauchst du nicht! Ich komme klar.«

»Du bist verletzt!«, widersprach ich.

»Ich kann Schmerzen gut ertragen.«

Ich seufzte, doch ich hatte keine Wahl. Ich musste zurück. Wahrscheinlich würde ich eh schon in Erklärungsnöte kommen, aber ich konnte nicht tagelang verschwinden.

»Okay, also in der Tasche ist Essen, etwas zu trinken und vor allem Medizin. Ich habe dir auch den Mantel mitgebracht und den Schlafsack. Ich komme heute Abend wieder und bringe dir noch mehr.«

Sein Blick senkte sich. »Ich verstehe nicht, warum du das tust und woher du das alles hast.«

Ich küsste ihn. Sanft, aber lange. »Das musst du jetzt nicht verstehen«, gab ich ihm schließlich eine Antwort. »Bis heute Abend!«

Nun küsste er mich. Intensiver. »Danke! Für alles!«

Ich lächelte erschöpft. »Mach ich gern. Wirklich!«

Er hielt meine Hand fest. »Ida, ich meine das wirklich ernst. Danke! Was du für mich tust und getan hast, kann ich nie wiedergutmachen.«

»Du schuldest mir nichts«, entgegnete ich.

Dann verließ ich schweren Herzens die Scheune.

Als ich zurück in meinem Zimmer war, fiel mir als Erstes das Polizeiauto auf, das ich durch einen Blick nach draußen vor unserem Haus stehen sah.

Kapitel 12 Der Schwache

Meine Zimmertür stand offen.

Das war ungewöhnlich. Ich wusste ganz genau, dass ich sie gestern Abend abgeschlossen hatte.

Ich legte die Taschenuhr auf den Schreibtisch. Mein Bauchgefühl sagte mir, dass meine Abwesenheit ein riesiges Drama verursacht hatte. Vorsichtig setzte ich einen Schritt über die Türschwelle. Am liebsten würde ich mich zwar in mein Bett legen und einen Dornröschenschlaf beginnen, doch zunächst musste ich erst einmal die Lage checken.

»Hallo?«, fragte ich leise ins leere Haus hinein.

Normalerweise wäre jetzt niemand mehr da. Es war schließlich schon nach 8 Uhr. Svea sollte in der Schule und meine Eltern bei der Arbeit sein, doch unter den gegebenen Umständen waren sie wohl alle hier versammelt. Ich konnte mir nicht vorstellen, dass Svea ihre Klappe gehalten hatte. Ein schlechtes Gewissen breitete sich in mir aus. Ich wollte mir gar nicht erst vorstellen, was meine Eltern in diesem Moment für Ängste durchlitten.

Auf Zehenspitzen ging ich die Treppen nach unten. Die Stufen knarzten leise unter meinem Gewicht.

Ich blieb abrupt stehen, als ich einen Polizisten bei uns im Flur stehen sah.

Oje, das würde verdammt viel Ärger geben.

Ich ging einen Schritt weiter und sah nun auch meinen Vater. Seinen Augenringen zufolge hatte er nicht geschlafen. Es brach mir das Herz ihn so zu sehen.

»Ist alles in Ordnung?«, erkundigte ich mich mit heiserer Stimme und begab mich somit aus meiner Deckung.

Synchron drehten sich die Köpfe in meine Richtung. Die Augen wurden groß. Insbesondere die meines Vaters schienen fast aus ihrer Verankerung zu fallen. Er hielt sich seine Hände vor den offenen Mund.

Ich war etwas überfordert von der Reaktion. Wüsste ich es nicht besser, könnte man meinen, dass sie mich für einen Geist hielten.

»Ida!!!«, rief Papa laut und stürmte auf mich zu. Er rannte so hastig die Treppen hoch, dass ich kurzzeitig dachte, er würde hinfallen und sich etwas brechen.

Als er mich erreichte, schlang er seine Arme um mich und drückte mich fest an sich. Einerseits war ich erleichtert, andererseits machte mir diese Situation auch Angst.

Dann tat er etwas, was ich noch nie erlebt hatte: Er weinte in meiner Anwesenheit. Tränen kullerten über seine Wangen.

Ich war so ergriffen von der Situation, dass ich selbst anfing zu heulen. Er wirkte zerbrechlich. So, als würde er beim nächsten Windstoß komplett den Halt verlieren.

»Es ist alles gut«, versuchte ich ihn vergeblich zu beruhigen und streichelte ihm tröstend über seinen Rücken.

Er schluchzte laut.

Eltern waren für Kinder immer der Fels in der Brandung. Diejenigen, die alles konnten, die stark waren und die nichts aus der Bahn werfen würde. Und das Bild zerbrach in diesem Moment. Denn nun sah ich, dass auch mein Vater nur ein Mensch war, der nicht in jeder Situation der starke Papa sein konnte. Auch er war mal schwach. »Nicht weinen«, flehte ich. »Ich bin doch hier. Alles ist gut.«

Nun sah er mich an. Er ließ seinen Blick fragend und ungläubig auf mir ruhen. »Wo warst du?«, brachte er mit zittriger Stimme über seine Lippen. »Wo warst du nur?«

Was sollte ich darauf antworten? Mir würde eh keiner glauben. »Was meinst du?«, versuchte ich, Zeit zu schinden.

Er biss sich auf die Unterlippe, um einen weiteren Heulkrampf zu verhindern. »Du warst nicht in deinem Zimmer«, sagte er und bemühte sich um Fassung. »Svea hat gesehen, wie du in dein Zimmer gegangen bist und die Tür abgeschlossen hast, aber als wir die Tür aufgebrochen haben, warst du nicht da. Im Bad waren überall Blutspuren. Auch im Flur und in der Küche. Svea hat erzählt, wie panisch du dich verhalten hast. Wir dachten, dir ist sonst was passiert.«

Ich schluckte schwer. »Es geht mir gut«, versicherte ich ihm, ohne auf weitere Details einzugehen.

»Aber wo warst du?«, hakte er noch immer mit schwacher Stimme nach. »Du bist doch okay, oder? Bist du verletzt? Ist das *dein* Blut?«

Ich sah zu Boden und überlegte krampfhaft, doch mir fiel keine passende Ausrede ein.

»Es geht mir gut. Ich bin unverletzt. Darauf kommt es doch an.«

An Papas Blick sah ich sofort, dass ich mit dieser Aussage den Bogen überspannt hatte.

»Ich will jetzt endlich wissen, was passiert ist, verdammt!«, kam es lautstark über seine Lippen.

Es war nicht seine Art, mich anzuschreien. Ich nahm es ihm nicht übel, denn ich schob es auf den Schock, den er offensichtlich erlitten hatte.

»Hast du eine Ahnung, was wir alle in dieser Nacht durchgemacht haben?!«

Ich konnte es mir nur annähernd vorstellen, doch auch ich hatte eine beschissene Nacht gehabt. »Das tut mir furchtbar leid. Ich wollte das nicht! Das musst du mir glauben!«

Noch immer hielt er mich fest in seinen Armen. »Dann erzähl mir bitte, was passiert ist!«

Ich konnte nicht. Ich sah ihn einfach nur schweigend an. Sein Blick wirkte mehr und mehr enttäuscht. Er wollte Antworten, die ich ihm nicht geben konnte.

»Ich schlage vor, dass du erst einmal mit auf die Wache kommst«, mischte sich nun der Polizist ein. »Wir hätten da nämlich auch noch ein paar Fragen.«

Ich? Auf die Wache? Ich war doch kein Verbrecher! »Ähm, was soll ich denn auf der Wache?«

Der Polizist, der erstaunlich jung wirkte, zog überrascht die Augenbrauen hoch.

»Na ja, wenn wir schon die ganze Nacht über mit einem Polizeihubschrauber nach dir suchen, würden wir schon gern wissen, warum. Außerdem sind im gesamten Haus Blutspuren. Da du unverletzt scheinst, gibt es offenbar jemand anderen, der massive Verletzungen haben muss. Wir würden gern wissen, von wem das Blut ist.«

Hubschrauber? Mein Herz sank immer tiefer. Was hatte ich nur angerichtet?

»Tut mir leid, dass das alles passiert ist«, kam es kleinlaut über meine Lippen.

Der Polizist nickte stumm. »Am besten, wir fahren jetzt gleich.«

Ich hatte wohl keine Wahl. Also schlüpfte ich in meinen Mantel und meine Winterschuhe.

»Kommst du mit?«, fragte ich Papa und hoffte so sehr, dass er »Ja« sagen würde.

Doch zu meiner Enttäuschung schüttelte er mit gesenktem Blick den Kopf.

»Nein, ich werde erst einmal alle informieren, dass es dir gut geht, und werde dann zu deiner Oma fahren, um sie zu beruhigen, denn sie steht kurz vor einem Herzinfarkt! Deine Mutter übrigens auch. Sie sucht gerade die Gegend nach dir ab und klingelt bei Nachbarn, um zu erfahren, ob sie etwas gesehen haben.«

Oma! O mein Gott! Sie hatte mit Sicherheit am meisten gelitten. »Grüß sie von mir, okay?«

Papa nickte stillschweigend. Er schien noch immer unter Schock zu stehen. Er war leichenblass.

Ich winkte und folgte dann dem Polizisten in den Streifenwagen, wo ich auf der Rückbank Platz nahm. Kaum zu glauben, dass das hier wirklich real war. Nie im Leben hätte ich gedacht, dass ich mich jemals in so einer Situation befinden würde.

Ich schnallte mich an und sah aus dem Fenster.

Es regnete. Der Schnee schmolz unter dem Schauer dahin. Riesige Pfützen bildeten sich auf den Straßen.

»Deine Eltern haben sich große Sorgen um dich gemacht.«

»Ich weiß«, murmelte ich und sah durch das Gitter zum Polizisten nach vorn.

»Von wem stammt das Blut?«, wechselte er abrupt das Thema.

Mit der Wahrheit würde ich nicht weiterkommen. Mit Schweigen aber auch nicht.

»Er heißt Adam. Er ist mein Freund, aber meine Eltern wissen nichts von ihm. Er hat sich geschnitten. Ziemlich tief, aber auch nicht dramatisch. Ich habe einfach versucht, im Bad Zeug zu finden, um ihn verarzten zu können. Es gab keine Straftat. Das alles ist ein riesiges Missverständnis.«

Der Polizist, der noch erstaunlich jung aussah, beobachtete mich kritisch über den Rückspiegel.

»Wie heißt Adam mit Nachname?«

Ich zuckte mit den Schultern.

»Keine Ahnung.«

»Du weißt den Namen deines Freundes nicht?«

»Nein. Da wir noch keine Hochzeitspläne schmieden, ist mir sein Nachname auch ziemlich egal«, gab ich schnippisch von mir, denn es gefiel mir gar nicht, dass ich mit auf die Wache musste.

»Das hier ist kein Spaß mehr, junge Dame. Also erspar uns bitte deine Sprüche«, ermahnte mich der Polizist. »Kannst du mir seine Nummer geben?«

»Er hat kein Telefon.«

Der Blick wurde kritischer. Vielleicht hätte ich meine Lüge vorher besser durchdenken sollen.

»Natürlich«, sagte er sarkastisch. »Wie können wir ihn dann erreichen? Schließlich müssen wir deine Geschichte überprüfen.«

»Gar nicht. Tut mir leid. Er ist nicht mehr da.«

Meine Glaubwürdigkeit war mittlerweile wohl bei null angelangt.

Das Auto hielt vor der Polizeiwache, und ich wurde in einen Verhörraum geführt. Es kam ein weiterer Polizist dazu, und ein stundenlanges Fragespiel begann. Mehr und mehr kam ich mir vor wie ein Schwerverbrecher. Dabei hatte ich doch lediglich ein Leben gerettet.

Die Atmosphäre war unterkühlt. Auf Nettigkeiten wartete ich vergeblich. Stattdessen wollte man Informationen haben, die ich nicht geben konnte. Ich hatte das Gefühl, dass sie mich für eine verzogene Göre hielten, die auf die schiefe Bahn geraten war.

Mit jeder weiteren Stunde drohte ich mehr und mehr einzuschlafen. Ich hatte letzte Nacht schon kaum ein Auge zugemacht, doch noch eine Nacht würde ich nicht durchhalten. Ich brauchte unbedingt ein Bett.

Es war schon später Nachmittag, als man sich dafür entschied, mich vorerst nach Hause gehen zu lassen.

Meine Eltern holten mich ab. Meine Mutter fiel mir erleichtert um den Hals. Gleichzeitig sah ich aber auch, wie sauer sie war, weil ich keine vernünftige Erklärung für mein Verhalten geben wollte.

Wir sprachen während der Autofahrt kein Wort, und zu Hause ging ich direkt in mein Zimmer.

Abschließen konnte ich nicht mehr. Meine Eltern hatten den Schlüssel eingezogen. Vermutlich würden sie mir nie wieder trauen.

Mein Körper war so schlaff, dass ich mich aufs Bett legen musste. Kein Muskel schaffte es mehr, irgendwie Spannung aufzubauen. Die Anstrengungen von Adams Lebenskampf steckten mir tief in den Knochen. Dann sah ich auf meinen Schreibtisch. Etwas fehlte.

Mein Herzschlag und meine Gehirnleistung erwachten wieder zum Leben.

Ich war mir sicher, dass ich die Taschenuhr dort abgelegt hatte. Hundertprozent sicher.

Wo war sie?

Auf einmal war mein Körper voller Adrenalin. Ich schoss vom Bett hoch und begann hektisch, mein gesamtes Zimmer auf den Kopf zu stellen. Sachen und sinnlose Arbeitsblätter aus der Schule flogen umher, jedoch ohne Erfolg.

Die Uhr war weg. Einfach nicht aufzufinden.

Das durfte doch nicht sein. Sie war der einzige Weg zu Adam. Ich war kurz davor, in Tränen auszubrechen.

»Mama«, rief ich und hastete nach unten ins Wohnzimmer, wo meine Eltern noch auf der Couch saßen.

»Was?«, fragte sie erschrocken, als ich ins Zimmer gestürzt kam.

»Wo ist die Uhr?«, hechelte ich außer Atem.

»Wie bitte?«, fragte sie unverständlich.

»Die Uhr!«, rief ich panisch. »Die Taschenuhr, die auf meinem Schreibtisch lag. Ich weiß ganz genau, dass ich sie dort hingelegt habe!«

»O ja. Die habe ich gesehen. Ich werde sie der Polizei als Beweisstück überlassen«, berichtete sie, als wäre es das Normalste der Welt.

»Du wirst *was*?«

»Nicht in diesem Ton!«, ermahnte sie mich. »Solange du uns nicht sagst, was passiert ist, musst du damit leben, dass einige deiner Sache als Beweisstücke an die Polizei gehen. An der Taschenuhr war Blut, und außerdem habe ich keine Ahnung, wie du an ein so teures Schmuckstück kommst! Was ist denn nur passiert? Ida, du kannst mit uns doch über alles reden. Wir wollen dir doch gar nichts Böses.«

»Das ist meine Uhr, ich brauche sie.«

»Die Polizei wird sie irgendwann schon wieder rausgeben. Spätestens, wenn sich die ganze Sache aufgeklärt hat. Es liegt also an dir! Außerdem hast du genug andere Uhren!«

»Nein! Ich brauche diese Uhr und keine andere!«

»Das hättest du dir vorher überlegen sollen!«

»Mama, bitte!«

»Erst wenn du sagst, was passiert ist!«

»Das kann ich nicht.«

Ich musste die Uhr haben. Was sollte Adam denken, wenn ich nicht mehr kam? Außerdem war er schwer verletzt. Er brauchte meine Hilfe.

»Wer ist denn dieser Adam, von dem angeblich das Blut ist?«

Ich seufzte. Ich musste meinen Eltern zumindest irgendeine Erklärung abliefern.

»Er ist ein Junge, den ich kennengelernt habe. Er war letzte Nacht hier und hat übernachtet. Ihm ist eine Flasche heruntergefallen, und er hat sich an einer Scherbe geschnitten. Mehr war wirklich nicht.«

Eine ähnliche Geschichte hatte ich auch schon der Polizei aufgetischt.

»Und wo ist er jetzt? Und warum ist Papas Wintermantel weg? Und wieso hast du Essen eingepackt?«

Ich sah zu Boden und versuchte mir krampfhaft ein Lügengerüst aufzubauen.

»Er hat kein richtiges Zuhause«, antwortete ich betrübt und log dabei nicht einmal. »Er braucht diese Dinge wirklich dringend.«

»Ein Obdachloser? Du hast in deinem Zimmer einen Obdachlosen schlafen lassen?«

»Er ist ein ganz normaler Junge«, verteidigte ich mich sofort. »Er ist kein Penner.«

»Aber wieso warst du dann heute Nacht nicht da? Kannst du mir das erklären?«

»Er hatte Angst, dass ihr ihn findet und ich deshalb Ärger bekomme. Deshalb ist er abgehauen, und weil ich mir Sorgen gemacht habe, bin ich mit ihm gegangen.«

Mama sah mich noch immer skeptisch an.

»Egal, ob das stimmt, was du uns gerade erzählst, oder nicht: Mach das nie wieder! Verstanden?«

»Ja, verstanden. Darf ich jetzt bitte ins Bett und schlafen?«

Mama nickte. Dann erhob sie sich noch einmal von der Couch und gab mir einen Kuss auf die Stirn. »Ich habe dich lieb. Ich hoffe, du weißt das«, flüsterte sie mir ins Ohr.

Kapitel 13 Die Fremden

Ich hatte Adam versprochen, dass ich bald wieder bei ihm sein würde. Und nun saß ich auf meiner pinken Bettwäsche und konnte nichts tun. Ich wollte bei ihm sein. Ihm Trost spenden und ihn irgendwie von seinen Schmerzen ablenken, doch stattdessen war ich hier gefangen. Ohne die Uhr würde ich nirgendwo hinkommen.

Er war ganz allein in dieser Scheune. Dieser Gedanke ging mir nicht aus dem Kopf.

Ich konnte nur hoffen und beten, dass keiner der Verbrecher zu ihm zurückkommen würde. Er war zu schwach, um sich zu wehren. Außerdem war er ganz allein. Er hatte niemanden mehr außer mir.

So sehr ich Mama auch angefleht hatte: Sie hatte sich nicht erweichen lassen und die Uhr behalten. Ich hatte weinend vor ihr gekniet, doch sie hatte nicht begriffen, wie wichtig dieses kleine goldene Ding für mich war. Ich hatte keine Ahnung, ob sie das Schmuckstück schon an die Polizei übergeben hatte.

Im Moment war ich einfach nur verzweifelt. Angestrengt dachte ich immer wieder über Alternativen nach, doch meine Überlegungen blieben ergebnislos. Es machte mich wahnsinnig.

Ich sah auf mein Handy. Sophia hatte geschrieben. Auch sie war vor Sorge fast umgekommen.

Ida, es ist wahrscheinlich sogar besser so, wenn deine Mutter diese Uhr behält. Du kannst das nicht wieder tun. Sieh doch nur, was du damit schon angerichtet hast.

Ich weiß selbst, dass das alles blöd gelaufen ist. Es tut mir leid. Ich hätte dir zumindest Bescheid geben müssen. Aber ich muss da noch einmal hin. Adam braucht mich wirklich. Ohne mich stirbt er.

Süße, er ist doch schon tot. Er ist vor Jahren gestorben.

Ich wollte das nicht akzeptieren. Wütend schmiss ich mein Handy auf mein Bett und mich gleich hinterher.

Plötzlich klopfte es an meiner Tür.

»Nein!«, rief ich zornig.

Ich wollte niemanden sehen. Niemanden außer Adam.

Die Tür öffnete sich trotzdem. Es war Svea. Die hatte mir gerade noch gefehlt.

Die Oberzicke persönlich wagte sich doch tatsächlich in mein Zimmer.

»Geh weg!«, maulte ich.

Sie ließ sich nicht beirren und setzte sich auf mein Bett.

Blöde Kuh!

»Du siehst echt scheiße aus!«, begrüßte sie mich.

Auch wenn ich wusste, dass sie recht hatte, wollte ich das nicht auf mir sitzen lassen.

»Pass lieber auf, dass ich dir nicht noch eine verpasse!«

Sie lachte und schien mich nicht ernst zu nehmen.

»Ach, Schwesterchen, wenn ich du wäre, dann würde ich mir das aber ganz genau überlegen!«, sagte sie mit vielsagendem Blick. Sie zog etwas aus ihrer Tasche. »Schau mal, was ich hier habe!«

Meine Kinnlade machte sich selbstständig und fiel in Richtung Boden.

»Meine Taschenuhr«, sprudelte es aufgeregt aus meinem Mund. Ich griff danach, doch Svea zog ihre Hand zurück.

Mein Herz klopfte so schnell, dass es wahrscheinlich gar nicht mehr messbar war.

»Ganz ehrlich: Ich habe keine Ahnung, was an dieser Uhr so besonders sein soll«, begann sie und spielte mit ihren Fingern daran herum. Ich konnte den Blick nicht davon abwenden. »Aber ich weiß, dass du sie unbedingt haben willst. Deshalb habe ich sie Mama geklaut.« Sie machte eine theatralische Pause, und mir war klar, dass sie noch nicht fertig war. »Da wir ja Schwestern sind, möchte ich dir natürlich helfen«, sagte sie ironisch und arrogant zugleich. »Du kannst sie gern haben, aber du musst mir dafür einen Gefallen tun!«

»Alles, was du willst!«, sagte ich sofort, was taktisch betrachtet wohl eine Vollkatastrophe war. Doch es war die Wahrheit. Ich würde nackt in der S-Bahn fahren, einem Polizisten ins Gesicht spucken oder auch ins Löwengehege im Zoo klettern. Ich würde wirklich alles tun, um diese Uhr zu bekommen. Alles!

»Nun gut. Ich will dein rotes Kleid haben und die Schuhe, die du dir dazu gekauft hast. Außerdem will ich die Perlenohrringe und diesen teuren Lippenstift, den du von Mama zu Weihnachten bekommen hast!«

Sie hätte so viel mehr verlangen können.

»Okay, abgemacht«, willigte ich sofort ein.

»Echt?«, fragte Svea sichtlich überrascht und hatte offenbar nicht mit dieser Reaktion gerechnet.

»Ja, und jetzt gib her!«

»Warte, ich will auch den roten Glitzernagellack!«

Ich funkelte sie böse an. »Okay, von mir aus bekommst du den auch.«

Sie lächelte triumphierend.

Ich riss ihr die Uhr aus der Hand. Hoffentlich funktionierte sie noch. Äußerlich wirkte sie unbeschädigt.

»So, jetzt hau ab!«, keifte ich sie an.

»Rede nicht so mit mir, sonst überlege ich es mir anders und gehe zu Mama. Erst einmal hole ich mir meine Beute!«

Selbstbewusst ging sie zu meinem Kleiderschrank und suchte sich das Kleid heraus. Dann wanderte sie weiter zu meiner Kommode und holte den Rest. Dieses kleine Miststück!

Schließlich drehte sie sich zu mir und grinste. »Es war mir eine Ehre, mit dir Geschäfte zu machen.«

Kaum hatte sie die Tür geschlossen, zückte ich die Uhr und holte das Buch hervor, welches man auf meinem Schreibtisch liegen gelassen hatte. Da dort keine sichtbaren Blutspuren zu sehen waren, hatte man es wohl als unwichtig eingestuft.

Es war Zeit zurückzukehren, doch dieses Mal musste ich taktischer vorgehen. Ich konnte nicht wieder einfach so verschwinden.

Sophia, wenn jemand fragt, dann bin ich bei dir! Ich muss Adam noch ein letztes Mal sehen. Bitte gib mir ein Alibi, falls mein Verschwinden auffallen sollte, tippte ich flink.

Dann nahm ich mir ein Stück Papier und hinterließ meiner Familie eine Nachricht:

Macht euch keine Sorgen. Ich bin bei Sophia. Komm heim, bevor es dunkel wird!

Das war kein ideales, wasserdichtes Alibi, aber besser als nichts. Im besten Fall bemerkten sie gar nicht erst, dass ich für eine Stunde weg war.

Ich schlüpfte in meine Schuhe, zog mir einen Mantel über, griff nach der Uhr, steckte wie gewohnt die Nadel in die Karte und drehte an dem Rädchen.

Als ich ins Nichts fiel, war ich das erste Mal über dieses Gefühl erfreut, denn es bedeutete, dass die Uhr weiterhin funktionierte.

Ich landete weich im Stroh und hatte sofort den Geruch von Verbranntem in der Nase.

Ich sah die Ruinen des alten Bauernhauses, aus denen noch immer Qualm emporstieg. Viel übrig geblieben war nicht.

Ich sah mich in der Scheune um und erstarrte augenblicklich.

Wir waren nicht allein. Da waren zwei Männer in Uniform. Beide waren bewaffnet. Der eine hatte ein Gewehr auf Adam gerichtet.

Adam und die beiden anderen sahen mich mit großen Augen erschrocken an.

Was vermutlich auch daran lag, dass ich noch meine Schlafanzughose trug, auf der viele kleine Flamingos abgebildet waren. Dazu hatte ich meine Winterboots und einen quietschgelben Mantel an. Hauptsächlich war vermutlich jedoch mein plötzliches Erscheinen der primäre Grund für die entsetzten Gesichter.

»Nicht bewegen!«, brüllte mich der jüngere der beiden Offizieren an und richtete seine Waffe auf mich. Erst jetzt entdeckte ich das Hakenkreuz auf seinem Mantel. Der Bart und die Frisur hätten mir jedoch schon vorher verraten können, wer sein Idol war.

Er widerte mich an.

Ich hob meine Hände in die Höhe. Die Taschenuhr und mein Handy waren in der Innentasche meiner Winterjacke versteckt.

Cool bleiben, Ida! Lass dir nicht anmerken, dass du Angst hast!

»Was machen Sie hier?«, wurde ich gefragt.

Ich schluckte schwer. Was sollte ich darauf antworten? Ich sah zu Adam. Erst jetzt fiel mir auf, dass er schlimmer als heute Morgen aussah. Sie mussten ihm ins Gesicht geschlagen haben, denn vorhin hatte er weder ein blaues Augen noch eine aufgeplatzte Lippe gehabt. Wie viel Leid musste er über sich ergehen lassen?

»Sprich schon, Weib!«

Willkommen in den 40er-Jahren! In dem Jahrzehnt, wo du als Frau nicht allzu viel wert warst!

»Ich ... ähm«, begann ich zu stammeln. Ich wusste nicht, was ich sagen sollte, und hatte Angst, dass jedes weitere Wort, das ich sprechen würde, das falsche sein könnte.

»Kennen Sie ihn?«, brüllte nun der Ältere und zeigte auf Adam.

Er stupste ihn mit dem Gewehrlauf an. An der gekrümmten Körperhaltung wurde mir klar, wie groß Adams Schmerzen sein mussten.

»Er ist mein Bruder«, antwortete ich.

Ich spürte, dass sie von meinem Auftreten so irritiert waren, dass sie nicht richtig wussten, was sie mit mir anfangen sollten. Ich würde ihnen nicht den Gefallen tun und winselnd vor ihnen knien.

Adam sah mich verzweifelt an. Offensichtlich war das nicht die richtige Antwort gewesen.

»Stimmt das?«, wurde nun auch Adam angebrüllt. Er bekam einen Tritt in die Magengegend und nickte mit schmerzverzerrtem Gesicht.

»Hey, lassen Sie das! Er ist doch schon verletzt!«

Meine Reaktion war instinktiv gewesen. Als ob die sich darum scherten, ob Adam Schmerzen hatte oder nicht. Das waren Nazis. Diese Leute vergasten Kinder. Das waren Monster, die sich wohl auch nicht allzu lange von einem Flamingo-Pyjama blenden ließen.

Der Jüngere von beiden kam auf mich zu. Er baute sich vor mir auf. Ich versuchte mich nicht einschüchtern zu lassen und seinem Blick standzuhalten. Doch plötzlich holte er schneller aus, als ich reagieren konnte. Seine Faust traf mich mit voller Wucht am Kinn.

Ich fiel hin.

»Hure!«, zischte er und spuckte in meine Richtung, verfehlte mich jedoch.

Ich musste mich zusammenreißen, um nicht mit »Hurensohn« zu kontern. Ein falsches Wort konnte mich das Leben kosten.

Ich spürte, wie Blut an meinem Hals hinunterlief, doch ich fühlte keine Schmerzen. Ich sah Adams verzweifelten Blick. Er wollte mir helfen, doch es gab nichts, was er für mich tun konnte. Er sah so hilflos aus. Ich wünschte ihm so sehr, dass er irgendwann einmal ein unbeschwertes Leben führen konnte. Niemand hatte es so sehr verdient wie er.

Nur langsam wurde mir bewusst, dass ich mich gerade wirklich in einer lebensbedrohlichen Situation befand. Das hier war kein Traum. Die konnten mich einfach so umbringen, und meine Eltern würde nicht mal meine Leiche finden.

Scheiße! Wie hatte es so weit kommen können?

Sophia hatte mich gewarnt, und ich hatte nicht auf sie gehört. Doch auf der anderen Seite bereute ich es nicht, in die Vergangenheit gereist zu sein. Ich hätte mir mein Leben lang Vorwürfe gemacht, wenn ich nicht versucht hätte, Adam zu helfen. Ich hatte das Richtige getan. Vielleicht war es mein Schicksal, hier zu sterben, und vermutlich der richtige Augenblick, in dem ich nach der Uhr in meiner Tasche greifen sollte, um mich hier vor den Augen aller in Luft aufzulösen. Doch ich war wie erstarrt.

Der Typ kam mit der Pistole näher, und ich sah genau in den Lauf.

Langsam brach Panik in mir aus. Ich wollte nicht sterben! Ich realisierte diese absurde Situation immer mehr. Mein Leben könnte jede Sekunde zu Ende sein.

Wir konnten jetzt nur noch bangen und hoffen, dass sie uns nicht an Ort und Stelle erschossen. Vermutlich wäre ich damit die erste Person auf der Welt, die gestorben war, bevor sie überhaupt geboren wurde.

»Lass sie uns ins Lager bringen!«, ertönte schließlich der Satz, der über unser Schicksal entschied.

Mein Körper begann nun zu reagieren. Meine Hand schnellte in meine Jackentasche, um nach der Uhr zu greifen. Das hier war meine letzte Chance, heil aus der Situation herauszukommen.

Doch noch bevor ich an dem Rädchen drehen konnte, traf mich ein zweiter Schlag, der mich außer Gefecht setzte.

Kapitel 14 Der Zug

Ich konnte mich nicht erinnern, wie wir hierhergekommen waren.

Das Letzte, was meine Erinnerungen preisgaben, war ein Schlag mit dem Gewehrkolben auf meine Schläfe. Danach war ich diesem Waggon aufgewacht, in dem so wenig Sauerstoff in der Luft war, dass man kaum noch atmen konnte. Ich hatte das Gefühl zu ersticken. Außerdem roch es nach Urin und Schweiß. Ich war eingezwängt zwischen abgemagerten Körpern, viele weinten, andere starrte mit leerem Blick ins Nichts. Auch wenn ich die Einzige war, die durch Geschichtsbücher genau wusste, wohin die Fahrt ging, schienen es die meisten zumindest zu ahnen.

Spätestens jetzt wäre wohl jeder normale Mensch in die Gegenwart zurückgekehrt, um das eigene Leben zu retten. Meine Hand ertastete tatsächlich die Uhr in der Manteltasche. Doch ich konnte jetzt nicht verschwinden. Ich musste wissen, wo dieser Zug hielt, damit ich Adam später wiederfinden konnte. Sonst würde ich ihn für immer verlieren, und sein Tod war besiegelt. Ich konnte und *wollte* ihn noch nicht aufgeben.

Ich hielte die Uhr jedoch in meiner Hand bereits, sodass ich jeden Moment die Möglichkeit hatte, hier zu verschwinden.

Adam lag dicht an mich gepresst. Er hatte seine Arme um mich geschmiegt und schirmte mich, so gut es ging, von den anderen ab.

»Alles wird gut«, flüsterte er mir zu, wirkte davon selbst jedoch nicht überzeugt.

Ich konnte sehen, dass sich an der Stelle, an der er seine Schusswunde hatte, ein Blutfleck bildete. Das war kein gutes Zeichen. Er brauchte dringend einen Verbandswechsel. Das konnte in einer bösen Infektion enden, und es gab hier keinerlei Möglichkeiten, diese zu behandeln.

Plötzlich hielt der Zug an, und ein Ruck ging durch die Menschenmasse. Ich hörte Kinder schreien. Die Menschen blickten sich panisch um.

Adam drückte mich noch näher an seinen Körper und gab mir einen Kuss auf die Stirn.

»Hab keine Angst! Ich bin bei dir!«, sagte er immer wieder.

Ich war mir nicht sicher, wie viel er von Konzentrationslagern wusste, doch ich kannte furchtbare Details. Dieser Zug brachte uns in die Hölle. Hier geschahen Grausamkeiten, die man sich als normaler Mensch nicht einmal vorstellen konnte.

Die Türen wurden geöffnet, und ich sog die frische Luft ein, die in die Waggons strömte. Die Menge wurde unruhig.

Adam griff nach meiner Hand. »Wir bleiben zusammen, verstanden?«

Ich nickte, wusste aus dem Geschichtsunterricht aber, dass Frauen und Kinder von Männern getrennt wurden.

Wir tauschten Blicke aus, und seiner war voller Sorge und Angst.

Dann traten wir nach draußen. Das Sonnenlicht blendete mich. Wir waren offenbar die ganze Nacht über unterwegs gewesen.

Meine Eltern würden durchdrehen. Ich hatte keine Ahnung, wie ich ihnen das erklären sollte. Ich wünschte, ich könnte ihnen zumindest eine Nachricht schicken, doch leider waren Sophia und ich schon zu der Erkenntnis gelangt, dass man in der Vergangenheit kein Netz hatte. Ich konnte also nur hoffen, dass Sophia etwas Gutes einfiel, um mich zu decken. Doch selbst wenn sie das schaffte, war sie es, die nun vor Sorge irre wurde. Aber im Moment hatte ich andere Probleme.

Die Menschenmassen schoben Adam und mich ins Freie. Wir wurden getrieben wie Vieh.

In der Luft lag ein seltsamer Geruch, den ich nicht zuordnen konnte. Ich hörte das Bellen von wild gewordenen Hunden. Menschen in Uniformen schrien und holten immer wieder mit Schlagstöcken aus. Kinder weinten verzweifelt.

Dies war der Punkt, wo jegliche Menschlichkeit verloren ging.

»Ausziehen!«, ertönte eine diktatorische Stimme. »Alle ausziehen!«

Die Menschen sahen sich ungläubig an.

»Ausziehen, hab ich gesagt!«

Es war bitterkalt, doch das war nicht mein Hauptproblem. Unter keinen Umständen durfte ich meine Taschenuhr verlieren. War sie nicht mehr erreichbar für mich, wäre ich für immer hier gefangen.

Menschen um mich herum begannen, dem Befehl zu folgen. Sie ließen die Kleidung von ihren dünnen Körpern gleiten. Es war ein Anblick, der mir einen eiskalten Schauder über den Rücken laufen ließ. Insbesondere in den Gesichtern der Frauen erkannte ich ein brennendes Schamgefühl. Das hier war ein Jahrzehnt, in dem selbst an so etwas wie einen Bikini noch nicht zu denken gewesen war, weil er zu viel Haut preisgegeben hätte. Wie musste es sich als Frau anfühlen, wenn man sich vor diesen Menschenmassen nackt präsentieren musste?

Ich sah Kinder mit aufgeblähten Bäuchen und alte Frauen, bei denen die Haut direkt auf den Knochen auflag. Sie sahen jetzt schon alle krank aus, dabei lag das eigentliche Grauen noch vor ihnen.

»Tu, was sie sagen, oder sie erschießen dich!«, flüsterte Adam mir zu, der nur noch in Unterhose vor mir stand und auch diese jetzt nach unten zog. Er hielt sich seine Hände vor den Intimbereich.

Adam zitterte am ganzen Körper vor Kälte. Ich schätzte die Außentemperatur auf höchstens minus fünf Grad.

Ich hatte keine andere Wahl und war eine der Letzten, die bekleidet war.

Ich zog mich aus.

Es war nicht die Nacktheit, die mich störte, und auch nicht die Kälte.

Ich hatte Angst, dass sie entweder mein Handy oder aber die Uhr in meinen Händen entdecken könnten.

Wir marschierten los. Eskortiert von einer ganzen Schar von Offizieren, wurden wir in das Zentrum des Lagers geführt. Und ich stellte einen bitteren Zufall fest: Es war das gleiche Lager, das wir beim Wandertag besucht hatten. Vieles war anders, doch ich erkannte den riesigen Verbrennungsturm.

Das durfte doch alles nicht wahr sein! Es war so absurd. In vielen Jahrzehnten würde ich den gleichen Weg entlanggehen. Falls ich das hier überlebte.

Plötzlich riss sich Adam von meiner Hand los. Ich konnte gar nicht so schnell reagieren. Was war geschehen?

»Anna!«, brüllte er wie von Sinnen und stürzte durch die Menschenmasse.

O Gott, was tat er?

»Halt!«, brüllte einer der Offiziere und richtete das Gewehr auf Adam. »Stehen bleiben, sofort!«

»Adam!«, schrie nun auch ich verzweifelt. »Adam!« Ich hatte noch versucht, nach seinem Unterarm zu greifen, was mir jedoch nicht gelungen war. Er war zu schnell.

»Anna!«, schrie er wieder.

Ich sah seine Schwester in einer anderen Gruppe, die gerade an uns vorbeiging. Es waren ausschließlich Kinder. Jedes von ihnen wirkte traumatisiert. Und ich war mir nahezu sicher, dass das kein Kindergartenausflug war, sondern vielmehr der Todesmarsch in die Gaskammer. Seit unserer Exkursion wusste ich schließlich auch, dass sie in diesem Lager gestorben war.

»Anna!«

Das kleine Mädchen blickte auf. Als sie ihren großen Bruder sah, begannen ihre Augen zu strahlen. Doch die Familienzusammenführung nahm ein schnelles Ende.

Adam wurde zu Boden gedrückt.

Anna schrie.

Ich schrie.

Adam schrie.

Zwei Männer in Uniform traten auf ihn ein.

»Das ist meine Schwester!«, rief Adam verzweifelt.

Die zwei lachten teuflisch. »Die Kleine dort?«, sagte einer von ihnen und zeigte auf Anna.

Ich hielt die Luft an, denn ich ahnte nichts Gutes. Der Größere von beiden ging auf Anna zu. Er packte sie grob an den Haaren und hielt sie – nur an den Haaren – in die Höhe. Sie schrie wie am Spieß. Tränen schossen ihr in die Augen.

»Adam!«, rief sie herzzerreißend, doch ihr großer Bruder wurde auf dem Boden fixiert und war unfähig, sich zu bewegen.

Dieses Bild war kaum zu ertragen.

Der gesamte Menschenzug war mittlerweile zum Stillstand gekommen. Alle beobachteten die Szenerie.

»Lassen Sie sie runter ... Bitte!«, flehte Adam nun, doch er traf auf das eiskalte Herz eines Nazis.

Er zog ein Messer aus seiner Tasche und hielt es Anna an die Kehle.

Ich hielt die Luft an.

Ich wusste genau, warum er das tat. Er statuierte ein Exempel. Er wollte, dass alle sahen, was passierte, wenn man sich nicht an die Regeln hielt. Er würde Anna umbringen. Vor den Augen aller. Damit keiner es mehr wagte zu rebellieren. Dessen war ich mir sicher.

Plötzlich hatte ich eine Idee. Ob sie ein gute war, wusste ich noch nicht. Geschützt durch die Körper der anderen, tippte ich hektisch auf meinem Handy. Ich drehte die Lautstärke voll auf und begann, das erste Lied meiner Playlist abzuspielen. Dass es ausgerechnet *Imagine* von John Lennon war, konnte makaberer kaum sein.

Doch es zeigte Wirkung.

Alle waren abgelenkt und suchten die Quelle für den Lärm. Natürlich hatte niemand hier diese Art von Musik gehört, und da es hier kein Radio gab, fragte sich jeder, wie das möglich war. Ich sah viele fragende Blicke, und Anna wurde tatsächlich zu Boden gelassen und rannte sofort zu ihrer Gruppe zurück.

Ich machte das Lied wieder aus.

»Wer war das?«

Ich versuchte mein Handy und die Uhr wieder zu verstecken, indem ich die Arme verschränkte.

»Du, was hast du da?«

Die Frage ging an mich. Ertappt blickte ich auf. Im Augenwinkel sah ich, wie Adam sich langsam aufrappelte. Sorgenvoll blickte er zu mir, ließ aber auch seine Schwester nicht aus den Augen.

»Nichts«, log ich.

»Was hast du in den Händen?«

Ich war aufgeflogen. Für einen kurzen Moment hielt ich inne. Ich konnte mich schlecht vor all den Menschen hier in Luft auflösen, indem ich zurückreiste. Ich wollte hier nicht unter Beweis stellen, dass es möglich war, einfach so zu verschwinden. Insbesondere nicht vor den Augen Adams.

Mein Gehirn traf eine Entscheidung, die riskant war.

Ich rannte einfach los.

Mein Sportlehrer hatte schon immer von meinem Sprinttalent geschwärmt, und jetzt konnte es mir vielleicht das Leben retten. Noch nie hatten meine Beine mich so schnell vorangetrieben. Ich rannte um mein Leben.

Meine Schritte wurden immer größer.

Hinter mir hörte ich Schüsse, Schreie und das Bellen von Hunden.

Ich musste nur hinter die Baracke kommen. Dort konnte ich ungesehen zurück in die Gegenwart reisen. Es waren vielleicht noch zwanzig Meter.

Plötzlich spürte ich einen stechenden Schmerz am Arm.

Ein Projektil musste mich getroffen haben, und anhand der Lautstärke der Hunde wusste ich, dass sie mir ganz dicht auf den Fersen sein mussten. Sie würden mich zerfleischen, wenn sie mich erreichten. Dazu waren diese Killermaschinen gedrillt worden.

Ich machte einen letzten Satz und war damit hinter der Baracke und somit abgeschirmt von sämtlichen Blicken.

Ich drehte an dem kleinen Rädchen an der Uhr. Sofort wurde alles schwarz.

Ich landete mit einem harten Aufprall auf dem Teppichboden meines Zimmers.

Ich sah, wie Blut aus meinem Arm sprudelte. Es lief nicht einfach nur herunter. Es sah aus wie eine kleine Fontäne. Die Kugel musste irgendein Gefäß getroffen haben.

Verdammte Scheiße!

Ich stopfte die Uhr und das Buch in eine Schublade meines Schreibtisches und rannte in meiner Verzweiflung aus meinem Zimmer nach unten ins Wohnzimmer. Ich brauchte sofort Hilfe. Es war mir im Moment egal, dass ich in Erklärungsnot geraten würde, wenn ich erzählen musste, wie ich zu einer Schusswunde gekommen war.

Auf der Couch saßen meine Eltern und zwei Polizisten.

»Ich brauche Hilfe«, brachte ich völlig erschöpft über die Lippen. »Schnell!«

Ich hatte Mühe, mich auf den Beinen zu halten, und stützte mich im Türrahmen ab.

Vier Augenpaare sahen mich entgeistert an. Keiner rührte sich.

Ich stand splitterfasernackt und blutüberströmt vor ihnen. Ich nahm es ihnen nicht übel, dass sie einen Moment brauchten, bis sie reagierten.

Mein Vater erwachte als Erstes aus seiner Schockstarre.

»Was ist passiert?«, fragte er und hastete zu mir.

»Ich wurde angeschossen«, brachte ich über meine Lippen und spürte dann, wie der Schwindel mir mein Bewusstsein raubte. Das Einzige, was ich noch wahrnahm, waren Papas Arme, die mich auffingen.

Kapitel 15 Die Liebe

Ich erwachte im Krankenhaus.

Meine weinende Mutter saß an meinem Bett. Mein Vater hielt ihre Hand.

»Hey, mein Schatz!«, sagte sie aufgeregt, als sie bemerkte, dass ich wach war. Sie beugte sich zu mir nach vorn und streichelte mir über die Wange. »Wie geht es dir?«

Beschissen. Richtig beschissen. Zwar schmerzte mein Arm, doch mein Herz hatte deutlich mehr abbekommen.

Adam!

Ich konnte keinen anderen Gedanken fassen.

Ich hatte ihn einfach zurückgelassen. Ich war so egoistisch gewesen und hatte nur an mein eigenes Leben gedacht. Er hätte das nie getan. Er wäre für mich gestorben und nicht in eine Welt geflohen, in der man sich sofort um einen kümmerte. Wo man an Maschinen angeschlossen wurde und jegliches Medikament bekam, das die Schmerzen verschwinden ließ. Ihm wurde das alles verwehrt. Er musste allein in irgendeiner Baracke ausharren, und das mit Schmerzen, die ich mir vermutlich nicht einmal vorstellen konnte.

Eine Träne kullerte aus meinen Augen.

»Schsch ... ist gut, Kleines«, sagte meine Mutter sachte und wischte sie weg. »Du bist hier in Sicherheit.«

Ich wollte mir lieber gar nicht vorstellen, was meine Eltern dachten, was mit mir passiert war. Fakt war jedoch, dass sie die Wahrheit niemals erfahren würden.

»Hörst du? Du bist in Sicherheit!«, sagte sie wieder.

Ich nickte, dachte jedoch an Adam. Er hatte keine Familie mehr. Er hatte niemanden mehr.

»Ida«, sprach mein Vater mit auffallend sanfter Stimme. »Was ist passiert? Wo hast du diese Schusswunde her, und warum warst du nackt? Was hat man dir angetan?«

Ich sah, wie er nach Antworten gierte, doch diese konnte ich ihm nicht geben.

Also zuckte ich nur mit den Schultern. »Ich weiß es nicht«, log ich.

Was sollte ich sonst sagen? Wenn ich hier mit Geschichten von Zeitreisen anfing, dann konnte ich mir gleich mein Zimmer in der Psychiatrie einrichten.

»Du kannst dich an gar nichts erinnern?«, hakte er nach und wollte diese Antwort offenbar nicht akzeptieren.

Ich schüttelte den Kopf.

Meine Eltern sahen sich sorgenvoll an. »Die Polizei sagt, dass das Projektil aus deiner Wunde aus einer sehr alten Waffe stammt. Kannst du uns dazu etwas sagen?«

Ich schwieg, weil ich nicht wusste, *was* ich dazu sagen sollte.

»Du hattest uns einen Zettel hinterlassen und geschrieben, dass du bei Sophia bist. Aber ich schätze mal, das war eine Lüge, oder?«, fragte Papa und konnte es nicht verhindern, dass auch ein wenig Vorwurf in seiner Stimme mitklang.

Wieder zuckte ich mit den Schultern. »Ich kann mich an nichts erinnern. Ich weiß nicht, was passiert ist.«

»Okay«, versuchte meine Mama, gelassen zu bleiben, scheiterte jedoch, denn das Zittern in ihrer Stimme war nicht zu überhören. »Die Polizei möchte mit dir nachher auch noch reden. Vielleicht kommen bis dahin ja ein paar Erinnerungen zurück.«

Mein Vater verkrampfte sich. »Ida«, sprach er nun etwas strenger. »An den Tag davor musst du dich doch aber erinnern können. Als du weg warst und Svea dich blutverschmiert gesehen hat. Was ist denn da passiert?«

»Das habe ich doch schon erzählt«, brummte ich.

»Ich glaube nicht, dass du uns die Wahrheit sagst«, wurde er nun ungehaltener.

»Thorsten!«, ermahnte meine Mutter ihn sofort. »Lass das Kind doch erst einmal zu sich kommen!«

Er presste seine Lippen zusammen, ehe er weitersprach.

»Aber sie weiß etwas!«, platzte es aus ihm heraus. »Das sehe ich ihr doch an! Sie lügt uns direkt ins Gesicht.«

Ich konnte ihm nicht in die Augen sehen, womit ich mich wohl enttarnte. Natürlich log ich. Man hatte mir in den Arm geschossen und nicht ins Hirn.

»Trotzdem musst du sie nicht so anfahren! Sie wurde angeschossen, und der Arzt meinte, dass sie Ruhe brauchen würde!«, verteidigte mich meine Mutter.

Papa funkelte mich böse an. Dann stand er auf und verließ, ohne ein weiteres Wort zu sagen, den Raum.

Mama nahm meine Hand. »Nimm es ihm nicht übel, Schatz! Es hat ihn sehr mitgenommen! Er hat das noch nicht verkraftet. Wir sind aber froh, dass nichts Schlimmeres geschehen ist.« Sie küsste mich auf die Stirn. »Wir sind für dich da. Ganz egal, was passiert ist, okay?«

Ich nickte dankbar. »Ist meine Wunde denn schlimm?«

Mama seufzte. »Sie mussten dich notoperieren, weil du viel Blut verloren hast und eine Vene beschädigt wurde, aber es ist alles gut verlaufen. Du musst ein paar Tage im Krankenhaus bleiben, aber du wirst schon bald wieder wie neu sein.«

Ein paar Tage im Krankenhaus bedeuteten, dass ich Adam sehr lange nicht sehen würde. Falls er überhaupt noch lebte. Mein Herz raste vor Angst um ihn. Auch wenn es riskant und vermutlich lebensmüde war, hatte ich beschlossen, dass ich zurückkehren würde. Ich musste ihn sehen. Vielleicht waren es seine letzten Tage, und ich konnte nicht zulassen, dass er dort ganz allein war. Und vielleicht konnte ich ihn ja noch retten. Es gab schließlich auch Menschen, die jahrelang in Konzentrationslagern überlebt hatten. Ich erinnerte mich an diverse Zeitzeugen, die in Dokumentationen gesprochen hatten. Vielleicht konnte Adam auch einer von ihnen sein.

Doch ich musste warten, bis ich wieder fit war. Außerdem war die Uhr bei mir zu Hause im Zimmer. Es würde Tage dauern, bis ich erneut reisen konnte.

»Ich geh mal kurz nach Papa schauen, okay?«, sagte Mama schließlich und sah mich fragend an. »Kann ich dich allein lassen?«

»Ja, geh nur. Kein Problem.«

Sie küsste mich noch einmal auf die Wange, hauchte ein »Alles wird gut« und ließ mich allein.

Ich wollte weinen, doch kaum hatte meine Mutter die Tür geschlossen, da schwang sie auch schon wieder auf, und Sophia kam ins Zimmer gestürmt.

»Ida, was ist passiert?«, fragte sie mich und umarmte mich stürmisch.

Sie war die einzige Person, der ich wirklich sagen konnte, was geschehen war.

»Es war schrecklich«, schluchzte ich, und plötzlich sackte mein Nervenkostüm in sich zusammen. Ich konnte nicht mehr so tun, als wäre ich stark und könnte das alles ganz allein schaffen. Ich war am Ende meiner Kräfte. Ich hatte Adam doch nur irgendwie retten wollen, aber mein Körper versagte mir den Dienst.

Sophia legte sich zu mir ins Bett. »Wieso wurdest du angeschossen?«, fragte sie ruhig.

Ich schluchzte laut und konnte mich kaum noch kontrollieren. Meine Finger krallten sich in die Bettdecke. »Ich war im Konzentrationslager!«, sagte ich aufgelöst.

Sophia sah mich erschrocken an. »Was? O mein Gott, wie ist das denn passiert?«

»Als ich gestern bei Adam ankam, waren zwei Nazi-Offiziere da. Sie haben mich niedergeschlagen, uns in einen Zug gesperrt und ins Lager gebracht. Wir mussten uns ausziehen. Und dann war da Anna, seine kleine Schwester, und Adam wollte zu ihr. Ich habe die Wachen abgelenkt, damit sie sie nicht töten, aber dann hatte ich deren Aufmerksamkeit. Also musste ich rennen, damit sie mich nicht töteten und ich zurückreisen konnte. Und dann haben sie mich angeschossen«, redete ich völlig unstrukturiert und durcheinander. »Es war die Hölle!«

Sophia legte ihren Arm um mich. »Es ist alles gut. Du bist jetzt hier und in Sicherheit. Vergiss nicht, dass das alles schon sehr viele Jahre her ist!«

Ich schüttelte den Kopf. »Für mich ist das nicht vor Jahrzehnten passiert, sondern vor ein paar Stunden. Adam leidet dort. Sophia, das ist real!«

»Ida, Adam ist vermutlich schon lange tot. Auf alle Fälle leidet er nicht mehr. Diese Konzentrationslager gibt es nicht mehr. Bitte, ich flehe dich an! Tu das nie wieder! Ich stehe das nicht noch einmal durch! Und deine Eltern erst recht nicht!«

»Doch, ich muss«, wimmerte ich. »Er hat doch nur noch mich. Ich muss zu ihm.«

Sophias Gesichtsausdruck wurde ernst. »Ida, du gehst da nicht mehr hin. Du wärst fast gestorben! Und das nicht zum ersten Mal! Du vermischst die Welten. Das ist nicht mehr real. Das ist viele Jahre her. Du musst die Vergangenheit ruhen lassen! Du verlierst langsam den Verstand!«

Vielleicht tat ich das wirklich!

»Ich liebe Adam. Und für mich ist das alles sehr real! Ich werde ihn dort nicht einfach sterben lassen!«

»Ida, *du* wirst sterben, wenn du dorthin zurückkehrst! Mach keine Dummheiten! Du hast getan, was du konntest.«

»Nein, das habe ich nicht«, widersprach ich. »Vielleicht kann ich ihn noch retten.«

»Wie denn? Er ist in einem Konzentrationslager. Da kann man nicht fliehen. Du hast es doch neulich bei unserer Exkursion selbst gesehen! Da kommt man nicht mehr raus!«

Ich wollte ihn nicht aufgeben. Vielleicht war es unser Schicksal. Vielleicht hatte ich diese Uhr nur aus dem

Grund gefunden, um Adam zu retten. Ich war nicht religiös und glaubte an keine übernatürlichen Phänomene, doch nachdem ich erfahren hatte, dass Zeitreisen möglich waren, wusste ich nicht mehr, was es noch zwischen Himmel und Erde gab.

Kapitel 16 Der Ex-Freund

Dieses Mal wollte ich besser vorbereitet sein. 350 Euro hatte ich in eine schusssichere Weste investiert. Das waren die gesamten Ersparnisse aus meinem Hundesitter-Job vom letzten Sommer, doch das war es mir wert. Ich war überrascht gewesen, dass ich diese problemlos vom Krankenhaus aus im Netz hatte bestellen können, und hatte sie an Sophias Adresse liefern lassen. Auch wenn sie immer noch nicht damit einverstanden war, dass ich wieder zu Adam zurückkehrte, so wollte sie wenigstens sichergehen, dass ich geschützt war. Meine Eltern hatten auf alles ein Auge, was ich tat, weshalb ich es nicht gewagt hatte, das Paket nach Hause liefern zu lassen. Ich konnte die Sorge nachvollziehen.

Auch der Polizei gegenüber hatte ich erneut die Unwissende gegeben. Sicherlich wussten auch sie, dass ich log, doch sie konnten nichts dagegen tun. Die Beamten versuchten mit allen Methoden, Informationen aus mir herauszuquetschen, doch meine Lippen blieben versiegelt. Und selbst wenn ich die Wahrheit gesagt hätte, so hätten sie vermutlich trotzdem gedacht, dass ich nicht ganz dicht war. Ich befürchtete, dass ich mich mit der Polizei jedoch noch länger herumschlagen würde, denn die Schusswunde hatte das Interesse an dem, was mir passiert war, noch um einiges erhöht.

Auch die Presse hatte Wind von der Sache bekommen. *Mädchen wird von Gewehrkugel aus dem Zweiten Weltkrieg verletzt,* lautete eine der Schlagzeilen. *Verschwundenes Mädchen taucht mit Schusswunde im elterlichen Wohnzimmer auf,* eine andere.

Für meine Eltern und die Polizei war die ganze Sache ein einziges Mysterium. Niemand hatte einen Schuss gehört, niemand wusste, woher ich gekommen war. Niemand kannte einen Adam, auf den meine Beschreibung zutraf. Niemand hatte auch nur eine Ahnung davon, wo die Wahrheit lag.

Meinem Arm ging es immer besser. Kein Knochen war getroffen worden. Ich hatte zwar viel Blut verloren, doch die Wunde heilte gut. Ich saß die Zeit im Krankenhaus nur zur Überwachung ab. Morgen früh würde ich endlich nach Hause gehen dürfen. Und ich hatte schon jetzt beschlossen, am gleichen Tag noch zu Adam zurückzukehren. Ich konnte nur hoffen, dass ich nicht zu spät kam.

»Hey«, ertönte plötzlich eine Stimme direkt neben mir.

Ich hatte nicht wahrgenommen, dass jemand den Raum betreten hatte.

»Leon!«, sagte ich überrascht. »Was machst du hier?«

Er lächelte verlegen. Diesem Lächeln war ich damals erlegen, als wir zusammengekommen waren. »Ich wollte sehen, ob es dir gut geht«, sagte er in einem fürsorglichen Tonfall und zog dabei seine Augenbrauen besorgt zusammen.

Er sah gut aus. Sein dunkler Teint wirkte durch die weißen Krankenhauswände noch dunkler. Mein Blick fiel auf den Strauß Blumen, den er in der Hand hielt.

»Mir geht es gut. Du kannst jetzt wieder gehen!«, sagte ich abweisend.

Nach der Trennung hatte ich mir geschworen, dass ich ihm nie verzeihen würde. Er würde für immer meine erste Liebe bleiben, die mir das Herz gebrochen hatte.

Er griff nach einer Vase, die bereits auf meinem Nachttisch stand.

»Ich geh schnell Wasser holen«, sagte er unbeirrt und verschwand für einen Moment im Badezimmer.

Als er wieder im Türrahmen erschien, zupfte er sie ein wenig zurecht und stellte sie auf meinen Nachttisch. Direkt neben die Gute-Besserung-Karte meiner Oma. »Ich hoffe, dass Sonnenblumen noch immer deine Lieblingsblumen sind«, sagte er mir sanfter Stimme. »Es war gar nicht so leicht, in dieser Jahreszeit welche zu finden.«

»Leon, verschwinde!«

»Ida«, sagte er sachte und setzte sich zu mir aufs Bett.

Das tat nahezu jeder, der mich besuchen kam. Und doch war es keine Parkbank!

»Lass uns reden.«

Ich verschränkte meine Arme vor der Brust. »Will ich aber nicht. Es ist alles gesagt.«

Er schüttelte den Kopf. »Nein, ist es nicht.«

»Du hast mich betrogen! Damit ist *für mich* alles gesagt.«

Leon sah zu Boden und seufzte. »Das habe ich nicht!«, brachte er schließlich hervor.

»Du hast es doch sogar zugegeben! Erinnerst du dich? Du hast mit mir Schluss gemacht, weil du eine andere hast!«

Zugegebenermaßen hatte ich jedem erzählt, dass *ich* mit ihm Schluss gemacht hatte. Ich wollte nicht die betrogene Freundin sein. Es kratzte wohl an jedermanns Ego, wenn der Freund sich eine Neue gesucht hatte.

»Ja, das habe ich gesagt, aber ich habe gelogen.«

»Alle wissen, dass du mit Lara zusammen bist.«

Er verdrehte die Augen. Ich tat es auch. Ich hatte im Moment wirklich andere Probleme, als mich hier mit meinem Ex-Freund zu zoffen.

»Nein, das bin ich nicht«, sprach er ungerührt weiter, »es ist alles ein bisschen kompliziert. Fest steht: Ich habe dich nie betrogen, und zwischen mir und Lara läuft nichts, und es lief auch nie etwas.«

Ich hatte da ganz andere Sachen gehört.

Leon atmete schwer. »Es ist vielmehr so, dass ich mit dir offiziell Schluss machen sollte, weil meine Eltern das so wollten. Du weißt selbst, wie sie sind.«

Ja, das wusste ich: Sie hassten mich.

»Sie wollen, dass ich mit jemandem zusammen bin, der so ist wie ich.«

Leons Familie gehörte zu den Zeugen Jehovas. Abgesehen davon, dass ich von ihm keine Geschenke zum Geburtstag bekommen hatte, war mir das im Alltag sonst kaum aufgefallen. Ich hatte mich nie daran gestört. Seine Eltern hingegen hatten in mir immer den Teufel in Person gesehen. Als würde ich Leon direkt in die Hölle locken.

»Sie haben gesagt, dass du mir nicht guttust und es Konsequenzen haben wird, wenn das so bleibt«, fuhr er fort. »Also habe ich Lara gefragt, ob sie mit mir eine Fake-Beziehung eingehen würde. Sie ist schließlich Mitglied in unserer Gemeinde. Meine Eltern sollten denken, dass ich mit ihr zusammen bin, aber ich wollte das nur zur Tarnung machen, damit meine Eltern Ruhe geben und wir uns weiterhin sehen können. Doch dann hat Lara das plötzlich überall rumerzählt, ohne dass ich dich vorher aufklären konnte, und auf einmal dachtest du, dass ich dich betrüge.«

Entsetzt starrte ich ihn an. »Du hättest mir doch immer noch die Wahrheit sagen können!«

»Ja, vielleicht, aber du hast mir in deiner Wut auf einmal Sachen an den Kopf geworfen, die mich wirklich verletzt haben.« Er seufzte. »Ich wusste, dass dich das sehr kränken würde, wenn ich dich ›betrüge‹. Es war eine kindische Reaktion von mir auf die Dinge, die du plötzlich über mich gesagt hast. Als wäre dir unsere Beziehung nie etwas wert gewesen. Das hat mich wirklich verletzt ... Aber ich hätte es dir schon viel früher sagen sollen, dass mit Lara nie etwas lief. Bitte glaube mir, dass das alles ein riesiges Missverständnis ist. Ich liebe dich noch immer, und ich will dich nicht verlieren. Ich war einfach trotzig und verletzt. Deshalb habe ich vieles gesagt, das ich wirklich bereue. Aber all das stimmt nicht, kein bisschen ...«

Ich wusste, dass er nicht log. Schon damals hatte ich es nicht glauben können, dass er mich wirklich betrogen haben sollte. Er war nicht der Typ dazu. Es ergab Sinn, was er sagte.

»Oh, Leon«, kam es über meine Lippen. Leon war immer ein guter Freund gewesen. Wir hatten eine wirklich schöne Zeit gehabt, aber Zeiten änderten sich.

Er kam näher und ich wusste, dass er versuchen würde, mich zu küssen. So wie in alten Zeiten.

Ich drehte meinen Kopf weg.

Überrascht sah er mich an. Sein fragender Blick lag auf mir.

»Leon, es tut mir leid, aber es gibt da jemand anderen.«

Er sah aus, als hätte ich ihm einen Baseballschläger über den Schädel gezogen.

»Was?«, fragte er entsetzt und schien diese Möglichkeit nicht einmal in Erwägung gezogen zu haben.

»Es gibt jemand anderen, den ich sehr mag«, wiederholte ich mich, und es fiel mir sehr schwer, diese Worte zu sagen. Denn Leon war für eine lange Zeit ein wichtiger Teil meines Lebens gewesen.

»Das ging ja schnell«, erwiderte Leon verbittert. »Wer ist es denn? Kenne ich ihn?«

»Nein, du kennst ihn nicht.«

Er schnaubte wütend und war auf einmal von Kopf bis Fuß angespannt. »Hat er dich in diese ganze Scheiße geritten? Jeder redet darüber! Du wurdest angeschossen. Sicher, dass er der Richtige ist?«, fragte er nun provokant und offensichtlich gekränkt.

»Er hat damit nichts zu tun.« Na ja, so ganz stimmte das nicht, und das schien auch Leon zu merken.

»Als ob! Ida, ich kann akzeptieren, dass du keine Beziehung mehr willst, aber ich kann nicht akzeptieren, dass irgend so ein Arschloch dich fast umbringt! Guck doch mal, wo du gelandet bist! Ich will nicht an deinem Grab stehen müssen!« Er atmete tief ein und wieder aus, um sich zu beruhigen. »Um ehrlich zu sein, kann ich es eigentlich nicht akzeptieren, wenn da ein anderer ist. Wir beide gehören doch zusammen.« Er nahm meine Hand, und ich ließ es zu. »Ida, ich weiß genau, dass da noch immer etwas zwischen uns ist.«

Ich musste zugeben, dass auch ich diese tiefe Verbundenheit zu ihm spüren konnte.

»Ich würde dich niemals in solche Schwierigkeiten bringen wie dieser neue Typ!«

»So ist es nicht!«, versuchte ich zu widersprechen, doch innerlich wusste ich, dass Leon ein Stück weit recht hatte. Zwar war Adam alles andere als ein Arschloch, doch die Verbindung zu ihm brachte mich in große Schwierigkeiten. Mit jeder Reise zurück in die Vergangenheit setzte ich mein Leben von Neuem aufs Spiel. Ich lebte in einer sicheren Welt, und doch zog es mich immer wieder in eine Zeit, in der ein entsetzlicher Krieg herrschte. Natürlich war das gefährlich, und ich würde das nicht ewig so weitermachen können. Sonst würde Leon wirklich eines Tages an meinem Grab stehen. Jedoch vor einem leeren Sarg.

Da ich Adam aber auch nicht zurücklassen konnte, blieb mir wohl nur eine Möglichkeit. Das Gespräch mit Leon machte es mir gerade bewusst: Ich musste versuchen, Adam in die Gegenwart zu holen.

Leon beugte sich zu mir nach vorn, doch ich drehte mein Gesicht zur Seite, sodass der Kuss auf meiner Wange landete.

»Es tut mir leid, Leon, aber das ist gerade wirklich nicht der richtige Zeitpunkt.«

Kapitel 17 Der Versuch

Ich hatte noch keinen konkreten Plan, wo ich Adam unterbringen sollte. Meine Eltern würden es definitiv nicht zulassen. Allein bei dem Vorschlag, einen fremden Jungen bei uns aufzunehmen, würde sie durchdrehen. Momentan durfte ich nicht einmal das Haus verlassen.

Ich setzte all meine Karten auf Oma. Sie war ein herzensguter Mensch. Würde ich ihr die Wahrheit erzählen und sie diese tatsächlich auch glauben, dann könnte Adam mit Sicherheit bei ihr bleiben. Die Eltern meiner Oma waren schließlich auch Kriegsflüchtlinge gewesen.

Ich saß in meinem Zimmer und hielt die Taschenuhr in der Hand. Die Tür stand offen. Meine Eltern hatten es mir verboten, sie zu schließen – aus Angst, dass ich wieder irgendwelche Dummheiten machen könnte.

Es war ein Uhr morgens. Mama und Papa schliefen. Svea übernachtete bei einer Freundin. Spätestes um sieben würde Mama aufstehen. Dann musste ich unbedingt wieder zurück sein. Wenn ich nicht da war, wollte ich mir lieber nicht ausmalen, was meine Eltern sich dieses Mal einfallen lassen würden.

Draußen vor der Tür stand sogar ein Polizist, der das Haus überwachte.

Ich sah auf mein Handy.

Ida, überlege dir das noch einmal! Bitte, komm doch zur Vernunft, und schmeiß diese blöde Uhr einfach weg!, hatte Sophia geschrieben.

Ich wusste, dass sie es wirklich nur gut meinte, doch sie verstand es einfach nicht. Adam war nicht irgendjemand.

Also holte ich das Buch mit den Landkarten hervor und blätterte zu der Seite, auf der ich das Konzentrationslager heute Morgen ausfindig gemacht hatte. Ich pikste die Nadel erst in meinen Finger und dann mitten in den Punkt, an dem ich das Konzentrationslager vermutete. Es war nicht detailliert aufgezeichnet worden, weshalb ich nicht genau abschätzen konnte, wo ich landen würde.

Das würde definitiv meine riskanteste Reise werden.

Ich rückte noch einmal meine schusssichere Weste zurecht und startete dann meine Reise ins Ungewisse.

Ich landete auf vereistem Boden. Alles um mich herum war dunkel und totenstill. Über mir schien der Vollmond. Es war eine gespenstische Atmosphäre.

Ich blickte mich um, doch niemand war zu sehen. Ich lag inmitten von schier endlosen Reihen von Baracken. In jedem dieser Gebäude stapelten sich Menschen, die einfach nur die falsche Religion, Hautfarbe oder politische Auffassung hatten, das wusste ich leider nur zu genau. Auch wenn ich mittlerweile viel Zeit in der Vergangenheit verbracht hatte, konnte ich diese Grausamkeiten noch immer nicht richtig begreifen.

Ich rannte zu der erstbesten Baracke, die nur ein paar Meter entfernt von mir war. Niemand schien mich zu bemerken. Ich rüttelte an der Tür, doch sie war abgeschlossen.

»Ist da jemand?«, flüsterte ich durch ein vergittertes Fenster hindurch. Es gab keine Fensterscheibe. Ich wollte mir gar nicht vorstellen, wie die Menschen in dieser Baracke frieren mussten. Wir hatten Temperaturen weit unter null.

Ich hörte von drinnen Getuschel.

»Adam, bist du da drin?«, flüsterte ich erneut.

»Hier ist kein Adam«, kam eine schwache Stimme zurück.

Das Glück wäre wohl auch zu groß gewesen.

Mir blieb wohl keine andere Wahl, als jede einzelne Baracke abzulaufen und nachzufragen. Mit jedem Fenster, aus dem ich eine andere schwache Stimme hörte, ärgerte ich mich mehr, dass ich keine Schokoriegel zum Verteilen mitgebracht hatte. Ich hätte sie einfach durch die Gitter hindurchwerfen können.

Vielleicht hätte ich damit jemanden retten können – zumindest für den kommenden Tag.

Ich war erstaunt, wie wenig Wachpersonal ich sah. Zwar war ich immer darauf bedacht, irgendwo Deckung zu suchen, doch ich hatte auch das Gefühl, mich relativ frei bewegen zu können. Vielleicht lag es an dieser bitteren Kälte, sodass selbst die Wachmänner lieber drinnen saßen. Bei der Kälte würde eh kein Insasse in seiner leichten Bekleidung versuchen zu fliehen. Ich vermutete eh, dass die Wachtürme und Begrenzungen nach außen gut genug gesichert waren, sodass niemand das Weite suchen konnte.

»Ist hier ein Adam?«, fragte ich bei einer weiteren Baracke, nachdem ich schon gut ein Dutzend abgeklappert hatte.

»Ida?«, hörte ich sofort die vertraute Stimme, und Adam kam zum Fenster gelaufen.

Ich konnte ihn nur schemenhaft erkennen, doch allein seine Stimme zu hören löste Erleichterung in mir aus. Er war noch am Leben!

Das gab es doch nicht. Ich hatte ihn tatsächlich gefunden, konnte es kaum glauben. Für einen Moment breitete sich in mir ein Glücksgefühl aus.

»Du lebst! Ich dachte, sie hätten dich erwischt. Ich dachte, du wärst tot«, stammelte er aufgelöst.

Ich schüttelte den Kopf und steckte meine Finger durch die Gitter, sodass wir uns berühren konnten. Seine Hände waren eiskalt. »Nein, es geht mir gut«, beruhigte ich ihn. »Kannst du von innen die Tür öffnen?«

Er schüttelte den Kopf.

»Nein, sie schließen uns über Nacht ein, aber unser Wärter versteckt den Schlüssel immer unter dem Ziegelstein ganz rechts. Manchmal frage ich mich sogar, ob er das ganz bewusst macht. Er ist erstaunlich gut zu uns. Wieso kannst du hier so frei herumlaufen?«

Sofort suchte ich nach dem entsprechenden Ziegelstein und ignorierte seine zweite Frage. Tatsächlich war der Stein locker. Ich hob ihn an, und prompt fiel mir der Schlüssel in die Hände.

Ich war erfreut, dass ausnahmsweise mal etwas schneller funktionierte als geplant.

»Ich habe ihn«, flüsterte ich.

»Ida, was hast du vor?«, kam es von Adam zurück, während ich versuchte, die Tür zu öffnen.

Der Schlüssel hakte, doch mit einem kräftigen Ruck sprang die Tür auf.

Adam stand direkt vor mir. Und ich erschrak zutiefst bei seinem Anblick. Er war zu einem Geist mutiert.

Eine Woche hatten wir uns nicht gesehen, und ich hätte es nicht für möglich gehalten, dass man innerhalb so kurzer Zeit körperlich so abbauen konnte. Sämtliche der spärlichen Reserven schienen bei ihm aufgebraucht worden zu sein.

»Geben sie euch gar nichts zu essen?«, kam es sofort aus meinem Mund.

Er war so unglaublich dünn. Zwar war er vorher auch schon sehr schlank gewesen, doch nun sah er richtig krank aus. Seine Häftlingskleidung hing wie ein Sack an ihm herunter. Auch wenn er groß war, befürchtete ich, dass er mittlerweile weniger wog als ich. Seine Wangenknochen traten stark hervor. Wie spitz sein Kinn auf einmal war ... Die Augen wirkten dadurch riesig.

Ich brauchte einen Moment, um dieses Bild zu verarbeiten.

»Sie geben uns fast nichts«, sagte er betrübt.

Ich nahm ihn in den Arm und drückte ihn fest an mich. »Es wird alles gut«, sprach ich ihm leise ins Ohr.

Ich sah über seine Schulter hinweg und warf einen Blick in die Baracke. Es waren genau die gleichen Betten wie damals bei der Exkursion. Unzählige Augenpaare starrten mich an. Es waren die Augen von Menschen, die eher tot als lebendig wirkten. Manche waren so dünn, dass zwischen Haut und Knochen keine weitere Schicht mehr vorhanden war. Doch noch schlimmer als ihre Körper waren die Gesichter. Es war pure Hoffnungslosigkeit, die mich aus ihren Gesichtern anblickte. Diese Menschen wussten, dass sie sterben würden.

Es waren ausschließlich Männer, die hier eingepfercht waren, und es stank fürchterlich. Ein Geruch nach Tod und Krankheit. Er erinnerte mich an Verwesung, und es kostete mich viel Kraft, die Tränen zurückzuhalten.

»Was hast du vor?«, fragte Adam wieder.

Ich war mir sicher, dass ihm nicht entgangen war, wie gut genährt ich war. Er fragte sich vermutlich, wie ich es schaffte, nicht zum Skelett zu mutieren, stellte aber keine Fragen.

»Ich muss etwas ausprobieren, aber ich weiß nicht genau, ob es klappt«, begann ich.

»Und was willst du ausprobieren?«, hakte er sofort nach.

Wie sagte ich ihm das? Oder sagte ich es ihm überhaupt? Ich könnte es auch einfach versuchen, ohne ihm eine Geschichte von Zeitreisen aufzutischen.

Ich sah in seine Augen, die so viel größer wirkten als sonst.

Es musste einfach klappen. Ich musste ihn hier rausholen.

Ich nahm seine Hände und blickte zu ihm hoch. Ich wünschte mir so sehr, mit ihm in einer friedlichen Welt Zeit verbringen zu können. Ich stellte mich auf die Zehenspitzen und küsste ihn. Er wirkte im ersten Moment überrascht, doch im zweiten Moment schloss er mich in seine Arme. Je enger unsere Umarmung wurde, desto mehr spürte ich, wie zerbrechlich er wirklich war.

Ich versuchte unseren Moment der Zweisamkeit zu genießen, doch die Umstände hinterließen einen bitteren Beigeschmack.

Jederzeit könnten wir erwischt werden.

Ich hatte nicht einmal etwas zu essen mitgenommen. Warum hatte ich daran nicht gedacht? Stattdessen lief ich hier mit einer 350 Euro teuren schusssicheren Weste herum, die gefühlte 20 Kilogramm wog. Wenn ich mich hier so umsah, wogen einige der Männer kaum das Gleiche. Es war egoistisch von mir.

Adam strich mir über die Wange.

Ich seufzte. Es tat mir so weh, ihn so zu sehen. Er wirkte unendlich schwach.

Ich löste mich von ihm und holte meine Uhr aus der Tasche.

»Mein Vater ist Erfinder«, begann ich mit meiner Lüge. »Und mit dieser Uhr schaffen wir es vielleicht hier raus.«

Er sah nicht überzeugt aus und zog zweifelnd seine Augenbrauen hoch.

»Wie soll das funktionieren?«, fragte er.

»Ich verstehe auch nicht, wie es geht, aber es klappt. Wirklich! Ich habe es schon ausprobiert.« Es musste einfach funktionieren.

»Und was passiert dann mit uns?«

»Ich drehe an diesem Rädchen hier, und dann kommen wir hier raus. Du wirst schon sehen.«

Er wirkte nicht so, als würde er mir glauben. Ich wollte ihm aber auch nicht zu viele Details erzählen.

»Aber lass uns das vor der Baracke ausprobieren und nicht hier drinnen vor allen anderen. Es sollte nicht jeder sehen.«

Eher widerwillig folgte er mir nach draußen.

»Halte dich einfach gut an mir fest und fass vorsichtshalber auch die Uhr an«, gab ich ihm Anweisungen.

Er nickte.

Meine Herzfrequenz erhöhte sich.

Es musste einfach klappen. Das war das Wichtigste im Moment. Was mit ihm dann in der Gegenwart passierte, würde sich schon ergeben. Aber erst einmal musste ich ihn aus dieser Hölle holen. Alles war besser als das hier.

»Bist du bereit?«, fragte ich ihn.

Wieder nickte er. Ich nahm seine Hand und legte sie auf die Uhr.

Ich atmete noch einmal tief durch und drehte dann am Rädchen.

Die Schwärze umgab mich sofort. Ich versuchte, Adams Hand so fest, wie es mir nur möglich war, zu halten. Ich krallte meine Fingernägel in seine Haut, doch plötzlich riss der Kontakt ab.

Meine Hand griff ins Nichts.

Ich befand mich wieder in meinem Zimmer zu Hause.

Panisch sah ich mich um. Er war nicht da.

Adam war weg, vermutlich stand er immer noch in der Eiseskälte vor der Baracke.

Kapitel 18 Der Flüchtling

Am liebsten wäre ich sofort wieder umgedreht, um Adam irgendwie zu erklären, was passiert war.

Doch plötzlich hörte ich Geräusche aus dem Flur. Schnell zog ich Stiefel, Weste und Mantel aus und schmiss den Kram unter mein Bett. Niemand durfte Verdacht schöpfen. Der kleinste Fehler könnte bedeuten, dass meine Eltern dafür sorgten, dass mir gar keine Möglichkeit mehr blieb, zu Adam zurückzukehren.

Meine Mutter lugte verschlafen in mein Zimmer hinein. Ihre blond gefärbten Haare standen in alle Richtungen ab.

»Schatz, alles in Ordnung?«, fragte sie.

»Was ... wie ... Ja, alles super, Mama«, versuchte ich, verschlafen zu klingen.

»Mir war so, als hätte ich etwas gehört. Da war so ein Poltern.«

»Keine Ahnung«, sagte ich schulterzuckend. »Ich habe nichts mitbekommen.«

Mama runzelte die Stirn. Offensichtlich war sie zu müde, um weitere Fragen zu stellen. »Seltsam. Na ja, ich bin jetzt jedenfalls wach und werde vermutlich auch nicht mehr so schnell einschlafen können. Sollte etwas sein, kannst du jederzeit zu mir runterkommen.«

»Okay.«

Mama kam noch einmal zu mir ins Zimmer und gab mir einen Kuss auf die Wange. Sie strich mir durch die Haare, und ich hoffte, dass ihr nicht auffiel, wie ausgekühlt ich war.

»Ich bin so froh, dass du jetzt wieder zu Hause bist«, sagte sie liebevoll.

Ich zwang mir ein Lächeln auf.

Dann verschwand Mama in ihrem pinken Bademantel nach unten.

Ich legte meinen Kopf in den Nacken. In mir breitete sich die pure Verzweiflung aus. Ich war einfach vor Adams Augen verschwunden. Er stand jetzt immer noch dort und verstand vermutlich die Welt nicht mehr. Ich wollte sofort zu ihm zurück, doch nachdem Mama wach war, war das Risiko zu groß, dass sie mein Fehlen bemerkte. Ich konnte also erst wieder in der nächsten Nacht zu Adam reisen.

Es schien mir wie eine Unendlichkeit bis dahin. Ich musste noch einen ganzen Tag aushalten, und selbst dann war nicht sichergestellt, dass ich ihn wiedersah. Vielleicht hatten wir Aufsehen erregt. Vielleicht hatte jemand gemerkt, dass etwas vor sich ging. Schließlich war auf einmal eine Tür offen, die eigentlich abgeschlossen sein sollte. Verdammt, ich hatte unschuldige Menschen in Gefahr gebracht.

Und dann gab es die entscheidende Frage: Wieso hatte es nicht geklappt?

Doch auf einmal kam in mir der Gedanke auf, dass Adam vielleicht gar nicht im Konzentrationslager zurückgeblieben war. Vielleicht war er irgendwo in den 80ern gelandet und wurde gerade durch Dauerwellen und Schulterpolster traumatisiert. Ich hatte keine Ahnung, wozu diese Uhr wirklich fähig war. Vielleicht hatte es ihn aber auch zerrissen. Wer wusste schon, ob Zeitreisen auch tödlich enden konnten, wenn etwas schiefging?

Was hatte ich nur getan?

Auf einmal erschien es mir sogar die beste Option zu sein, wenn er einfach im Konzentrationslager zurückgeblieben war. Dort konnte ich ihn wenigstens finden. Wenn er in irgendeinem anderen Zeitalter gelandet war, würde ich ihn nie wiedersehen. Und er würde wahrscheinlich als Obdachloser auf der Straße landen, weil er sich in einer völlig fremden Gesellschaft nicht allein zurechtfinden würde.

Ich sah auf die Karte, in die ich immer die Nadel stach, um den Ort auszuwählen, an den ich reisen wollte. Man konnte mein getrocknetes Blut auf dem Papier sehen.

Der Groschen fiel.

Sein Blut hatte gefehlt. Mein Blut war von Anfang an, an der Nadel gewesen. Deshalb konnte ich problemlos hin- und herreisen. Aber Adams Blut war nicht dran gewesen.

Das war die Lösung!

Ich musste einfach zu ihm zurück, hoffen, dass er noch da war, und ihm die Nadel in den Finger stechen. Ja, das musste klappen! Es würde Sinn ergeben! Wieso hatte ich nicht vorher daran gedacht?

Ich war mir so sicher, dass es funktionieren würde, dass ich beschloss, zu Oma zu fahren, sobald die Sonne aufgegangen war. Von der Schule war ich im Moment eh befreit. Es war zu viel passiert, und meine Wunden waren auch noch nicht vollkommen geheilt. Ich wollte, dass alles vorbereitet war, wenn Adam ankam. Er sollte ein Dach über dem Kopf haben und Oma konnte ihm dieses bieten. Einen Ort, wo es warm war und wo er sich sicher fühlen konnte.

»Kleines«, rief Oma und schlang ihre Arme um meinen Oberkörper.

Oma hatte mich im Krankenhaus nicht besuchen können, da sie selbst mit einer Infektion im Bett gelegen war. »Wie geht es dir?«, fragte sie und herzte mich noch immer.

»Gut. Meinem Arm geht es wieder sehr gut«, ließ ich sie wissen.

»Das ist schön zu hören. Komm rein, Ida!«, sagte sie herzlich und trat beiseite. »Das war ja ganz schön viel Drama in den letzten Tagen bei euch zu Hause. Ich habe mir solche Sorgen gemacht.«

Ich blickte kurz aus dem Fenster und sah, wie Mama mit ihrem Kombi davonfuhr. Sie hatte darauf bestanden, mich zu Oma zu fahren und danach auch wieder abzuholen.

»Das tut mir leid, aber es ist ja alles wieder gut«, versuchte ich Oma zu beruhigen.

»Willst du eine heiße Schokolade? Streuselkuchen habe ich auch noch da. Wir machen es uns erst einmal gemütlich, nicht wahr?«

»Gern«, sagte ich dankend und folgte ihr in die Küche.

»Setz dich! Du musst ja noch ganz schwach sein.«

»Nein, Oma, *du* setzt dich! Du hattest eine Infektion. Du bist noch geschwächt. Lass mich das machen!«

Oma zögerte kurz, setzte sich dann aber tatsächlich auf den hölzernen Stuhl.

Ich goss derweil Milch in den Topf und holte den Kakao aus dem Schrank. Ich griff nach meiner Teddytasse.

»Du bist ein Engel«, sagte Oma und lächelte mich freundlich an, als ich auch ihr eine Tasse vor die Nase stellte.

Ich musste den passenden Moment abwarten, um wegen Adam nachfragen zu können. Ich wollte nicht mit der Tür ins Haus fallen, es würde sie so oder so völlig aus der Bahn werfen. Doch einen passenderen Moment würde es eh nicht geben. Ich war mir nicht einmal sicher, ob es für so eine Frage überhaupt den passenden Moment geben konnte.

»Oma?«, fragte ich schließlich, als ich meine heiße Schokolade ausgetrunken hatte und ein Stück Streuselkuchen in meinem Bauch verschwunden war.

»Ja?«, fragte sie lächelnd.

»Es gibt da etwas, das ich dich fragen muss.«

Omas Blick wurde ein wenig skeptisch. »Na, dann schieß mal los!«

Ich atmete tief ein. »Also, ich habe da einen Freund, und der braucht unbedingt Hilfe. Er hat kein Zuhause mehr und auch keine Familie. Er hat niemanden außer mir«, begann ich Oma das grausame Schicksal von Adam auseinanderzusetzen.

Tatsächlich wurde Omas Blick nun mitfühlend. Hoffnung keimte in mir auf. Wie konnte man jemandem in Adams Lage nicht helfen? »Er braucht ein Dach über dem Kopf, und ich weiß, dass Mama und Papa es nicht zulassen würden, dass er bei uns im Haus schläft«, fuhr ich fort. »Er ist ein wirklich netter und gut erzogener Junge.«

»Wurdest du wegen ihm so verletzt?«, fragte sie sofort skeptisch nach.

»Nein, Oma! Er kann gar nichts dafür. Wirklich nicht!«

»Deine Eltern sagen, dass ein Junge dich in diese ganze Sache reingezogen hat.«

Ich schüttelte heftig den Kopf.

»So ist das wirklich nicht«, beteuerte ich. »Adam ist ein herzensguter Mensch, der für all das nichts kann.«

»Und jetzt willst du, dass er bei mir einzieht?«, unterbrach mich Oma mit ihrem Scharfsinn.

So, wie sie es ausdrückte, hörte es sich krasser an als in der Variante, die ich mir in meinem Kopf ausgemalt hatte.

»Also, nur für kurze Zeit. Wenigstens für den Übergang, bis ich etwas anderes für ihn gefunden habe«, versuchte ich es herunterzuspielen.

»Aber ich habe doch gar keinen Platz«, sagte Oma traurig. »Meine Wohnung hat nur Küche, Schlafzimmer, Bad und Wohnzimmer.«

Sie hatte recht. Ihre Wohnung war wirklich klein, doch Adam würde nicht anspruchsvoll sein. Er kam aus einer Zeit, in der siebenköpfige Familien in einem Zimmer gewohnt hatten.

»Und die Couch?«, fragte ich ein wenig verzweifelt. »Er ist sehr bescheiden.«

Oma seufzte und schien hin- und hergerissen. »Wieso hat er denn kein Zuhause und keine Familie mehr?«, erkundigte sie sich nun und schien sehr am Schicksal von Adam interessiert, was ich erst einmal als gutes Zeichen wertete.

Sie verurteilte mich nicht so schnell wie meine Eltern. Meine Oma hatte Vertrauen darin, dass ich die richtigen Entscheidungen traf.

»Weil er aus einem Kriegsgebiet kommt«, sagte ich nun ehrlich. »Er hat alles verloren. Seine ganze Familie lebt nicht mehr, und das Haus wurde niedergebrannt. Er hat wirklich sehr viel Schlimmes miterleben müssen.«

Omas Miene wurde plötzlich düster. »So ... ein Flüchtling«, sprudelte es hektisch aus ihrem Mund. Auf ihrer Stirn wurde eine Zornesfalte sichtbar. »Also, Kind, wie kommst du denn auf so eine Idee? Kein Wunder, dass du angeschossen wurdest, wenn du dich mit solchen Leuten abgibst! So jemanden willst du bei mir einquartieren? Willst du etwa, dass er mich beklaut und gar nachts über mich herfällt?«

Entsetzt sah ich meine Oma an. Ich wusste, dass sie konservativ war, doch dass es so schlimm war, hatte ich nicht erwartet. Für einen Moment war ich unfähig, auch nur ein Wort über die Lippen zu bringen.

Ich hätte jetzt sagen können, dass er blond und hellhäutig war. Omas Meinung hätte sich dadurch vielleicht geändert. Doch das widersprach meiner eigenen Moral. Denn es sollte keinen Unterschied machen. Es sollte ihr egal sein, welchen Glauben er hatte und wo er herkam. Hatte Oma denn vergessen, dass auch ihre Eltern Flüchtlinge aus dem Sudetenland gewesen waren?

»Oma, das ist rassistisch«, stotterte ich und stand noch immer unter Schock.

»Ach was! Es ist doch nur die Wahrheit!«

»Oma, das sind Menschen, die vor Kriegen fliehen. So wie deine Eltern damals.«

Sie schüttelte entschieden den Kopf. »Ach was! Du hast doch keine Ahnung, wie es damals war. Das waren ganz andere Zeiten. Das kann man nicht vergleichen! So ein Radikaler kommt mir jedenfalls nicht in die Wohnung, und du solltest dich auch vor solchen Leuten fernhalten.«

Ihre Worte verletzten mich so sehr, dass ich, ohne etwas zu sagen, aufstand, meine Tasche schnappte, in die Schuhe schlüpfte und nach draußen verschwand.

»Kleines, jetzt warte doch mal!«, rief meine Oma mir noch hinterher, doch ich ignorierte sie. »Deine Mutter hat gesagt, dass ich dich erst gehen lassen darf, wenn sie unten auf dich wartet!«

Ich war tief enttäuscht.

Ich würde Adam irgendwo anders unterbringen müssen. Meine Oma war keine Option mehr. Vielleicht konnte mir Sophia weiterhelfen. Doch so sehr, wie ich unsere Freundschaft in letzter Zeit vernachlässigt hatte, war es mir unangenehm, sie überhaupt um einen Gefallen zu bitten.

Kapitel 19 Die Suche

Alles im Haus war ruhig. Kein Wunder, denn es war mitten in der Nacht. Ich spürte, dass mein Moment gekommen war. Schon in wenigen Stunden oder vielleicht sogar in wenigen Minuten würde Adam sicher in meinem Zimmer sitzen.

Ich blickte aus dem Fenster. Das Polizeiauto stand an der gewohnten Stelle. Ich hatte noch keine Ahnung, wie ich Adam überhaupt aus meinem Zimmer schmuggeln sollte, doch das war erst einmal zweitrangig. Ich würde dafür schon eine Lösung finden, wenn Adam erst einmal hier war.

Dieses Mal hatte ich meine gesamte Sporttasche mit Schokoriegeln gefüllt. Auch wenn es nur ein Tropfen auf dem heißen Stein war, wollte ich wenigstens das für die armen Leute dort tun. Und wenn es nur für einen kurzen Moment einen Menschen glücklich machte, dann war mein Ziel schon erreicht.

Ich steckte die Nadel wieder in das Einstichloch in dem Konzentrationslager. Hoffentlich war es auch diese Nacht wieder so ruhig. Und selbst wenn ich direkt vor einer Wache landete, hatte ich immer noch die Möglichkeit, schnell am Rädchen zu drehen und zu verschwinden.

Die Schwärze sog mich ein.

Als sich meine Umgebung um mich herum wieder schärfte, hörte ich Hundegebell. Instinktiv reagierte ich und ging hinter einem kleinen Häuschen in Deckung.

Ich sah, wie ein Offizier mit einem Schäferhund an der Leine ein paar Meter von mir entfernt entlangmarschierte. Ich presste mich gegen die Hauswand und hoffte, dass der Hund nicht anschlagen würde. Zwar war mein Brustkorb noch immer gegen Kugeln gesichert, doch gegen einen Hundeangriff würde ich nicht viel ausrichten können.

Der Hund kläffte und zerrte wild an der Leine, doch er schlug meine Richtung nicht ein.

Ich atmete erleichtert durch und begann mich umzusehen.

Adams Baracke war ein ganzes Stück entfernt. Ich musste wieder an den anderen Unterkünften vorbei, um zu seiner zu gelangen. Ich öffnete meine Sporttasche und griff hinein. Ich nahm eine gute Handvoll Schokoriegel und warf sie durch das erste Fenster, das ich finden konnte.

Sofort hörte ich Aufregung in der Baracke, doch es klang nicht nach Freude. Eher nach Panik.

»Es ist etwas zu essen«, flüsterte ich durch das Fenster. Offenbar waren die Menschen schon so verunsichert, dass sie hinter jeder Handlung etwas Böses erwarteten. Kein Wunder, wenn selbst Duschen zum Töten missbraucht wurden. »Es wird euch helfen«, sagte ich und ging dann weiter. Ich hatte nicht viel Zeit.

An allen Baracken, an denen ich vorbeikam, hinterließ ich eine Ladung Schokoriegel.

Dann stand ich vor dem Bau, in dem ich Adam letztes Mal gefunden hatte. Mein Herz fühlte sich an, als würde es jeden Moment explodieren.

»Adam, bist du da?«, rief ich leise durch das vergitterte Fenster.

Ich hörte verhaltenes Gemurmel, doch es kam keine Antwort.

Komm schon, Adam! Sag irgendetwas! »Hört mich jemand?«, fragte ich und bekam es langsam mit der Angst zu tun.

Ein Gesicht erschien hinter dem Gitter, doch es war nicht das von Adam.

»Er ist nicht mehr hier«, sagte ein junger Mann mit eingefallenem Gesicht. Er war vermutlich noch nicht einmal volljährig.

Vor Schreck ließ ich die Tasche in meiner Hand zu Boden fallen und schlug meine Hände vor dem Mund zusammen.

»Sie haben ihn umgebracht?«, fragte ich mit zitternder Stimme.

Vermutlich war ich sogar schuld!

»Nein«, antwortete er sofort. »Oder, ehrlich gesagt, ich weiß es nicht. Aber sie haben ihn in das Krankenrevier mitgenommen, weil er nicht mehr arbeiten konnte. Er war sehr krank. Er hatte hohes Fieber und war kaum ansprechbar.«

Ich ballte meine Hände zu Fäusten. Das konnte doch nicht wahr sein. Ich war so nah an meinem Ziel gewesen, und nun war er weg. Und das vielleicht für immer.

»Ich wusste gar nicht, dass man sich hier um Kranke und Verletzte kümmert«, sagte ich mehr zu mir selbst als zu meinem Gegenüber. Man tötete am Ende doch eh alle.

Der Junge hinter dem Gitter seufzte sorgenvoll. »Das kann ich dir auch nicht sagen. Es gibt hier zwar ein Krankenrevier, aber wir wissen nicht, was die dort wirklich mit den Leuten machen. Es gibt das Gerücht, dass dort Experimente an Menschen durchgeführt werden. Ehrlich gesagt, glaube ich nicht, dass man dort versucht, uns zu heilen.«

Natürlich! Davon hatte Herr Fecke im Geschichtsunterricht erzählt. Man stellte die schrecklichsten Dinge mit Menschen an, um eine reine Rasse züchten zu können.

»Weißt du, wo das Krankenrevier ist?«, fragte ich panisch.

Vielleicht war es noch nicht zu spät. Vielleicht konnte ich Adam retten.

»Irgendwo im Norden des Lagers. Mehr weiß ich leider auch nicht.«

Ich nickte dankend. »Das hilft mir!« Mir kam meine Tasche auf dem Boden wieder in den Sinn. »Ich habe noch etwas für euch«, sagte ich und kramte die letzten Schokoriegel aus der Tasche. Lediglich zwei hob ich für Adam auf.

»Hier«, flüsterte ich und schob Riegel für Riegel durch die Gitterstäbe. »Die geben euch Kraft!«

Ich sah in das Gesicht des jungen Mannes, und es trieb mir Tränen in die Augen. Er hielt einen der Riegel in der Hand, als würde sich gerade sein Lebenstraum erfüllen. Er riss euphorisch das Papier des Riegels ab und schob sich gierig die Schokolade in den Mund. Es wirkte fast animalisch, und erst jetzt wurde mir bewusst, wie groß der Hunger wirklich sein musste.

»Danke«, brabbelte er mit vollem Mund. »Danke, danke, danke«, kam es immer wieder aus seinem Mund. Er schien den Tränen nahe. »Ist das gut! Ich habe schon seit Wochen nichts Festes mehr gegessen!« Seine Augen strahlten.

Ich fühlte mich so unglaublich schlecht. Diese Menschen verhungerten direkt vor meinen Augen. »Gern«, brachte ich mühevoll über die Lippen.

»Viel Glück! Ich hoffe, du findest Adam. Er war ein guter Kerl«, sprach er und schleckte das Papier des Riegels übermütig ab.

Für einen kurzen Moment wurde mir wieder einmal bewusst, wie gut es mir doch in meiner Welt ging, aber auch, dass es auf dieser Welt noch viele Millionen Menschen gab, die genauso auf einen Schokoriegel reagieren würden wie der Junge hinter den Gittern.

»Danke. Dir auch alles Gute!«, sagte ich und wusste, dass er wohl nicht mehr lange leben würde. Der Krieg würde noch eine Weile dauern, und die Wahrscheinlichkeit, dass er mit diesen paar Gramm auf den Rippen so lange überleben würde, ging gegen null.

Ich lief in die Richtung, von der ich annahm, dass es Norden war. Ich versuchte mich am Mond zu orientieren, so, wie mein Vater es mir mal bei einer Nachtwanderung beigebracht hatte.

Wenn Adam Fieber hatte und kaum noch ansprechbar war, würden sie ihn umbringen, oder sie hatten es bereits getan. Was brachte ihnen ein Häftling, der nicht arbeiten konnte? Er war nutzlos, also wurde er getötet.

Ich sah mir alle Gebäude an und suchte immer wieder nach Hinweisen, dass es sich um eine Krankenstation handeln könnte. Ich musste vorsichtig sein, aufpassen, nicht gesehen zu werden. Dann sah ich ein rotes Kreuz auf weißem Hintergrund. Das musste es sein! Das war die Krankenstation.

Und jetzt?

Ich konnte nicht einfach dort hineinmarschieren und ihn mitnehmen.

Durch die Fenster schien Licht. Ich lugte nach drinnen. Ich sah Bettenreihen, in denen regungslose Körper lagen. Ein Mann in einem weißen Kittel saß neben der Tür und las in einer Zeitung. Er wirkte noch sehr jung und schien der Einzige zu sein, der dort Wache hielt. Ich konnte keine Waffen sehen.

Ich hatte den großen Vorteil, dass ich keine Häftlingskleidung trug und im Vergleich zu allen anderen sehr gut genährt war. Man würde mich vermutlich gar nicht für einen Insassen halten. Vielleicht konnte ich mich für jemand anderen ausgeben.

Ich umfasste die Uhr, um jederzeit die Notbremse ziehen zu können, und näherte mich der Tür des Krankenreviers. Vorsichtig stupste ich die Tür an und stellte fest, dass sie nur angelehnt war. Sie schwang auf.

Mit leisen Schritten ging ich einen dunklen Flur entlang. Am Ende gab es eine weitere Tür. Auch sie war nur angelehnt. Ich drückte sie vorsichtig auf und war nun in dem Raum, in dem der junge Arzt mit seiner Zeitung saß. Ich konnte ihn von hinten sehen, doch er reagierte nicht.

Ich ging noch zwei Schritte weiter und sah dann, dass er gar nicht die Zeitung las, sondern offenbar eingeschlafen war. Sein Kopf hing nach unten, seine Augen war geschlossen.

Ich konnte nur hoffen, dass er noch einen Moment in diesem Zustand bleiben würde.

Ich blickte in den restlichen Raum und suchte nach Adam. Ich konnte dabei nicht verhindern, dass ich Menschen sah, die leblos und zum Teil schwer entstellt in ihren Betten lagen. Manche wimmerten leise vor Schmerzen, andere waren schweißdurchtränkt, und wieder andere hatten eine Gesichtsfarbe, die ich bei Menschen nicht für möglich gehalten hätte.

Und dann sah ich ihn.

Er lag mit geschlossenen Augen in einem Bett. Seine Haare waren nass, sodass es aussah, als hätte er sie sich gerade gewaschen. Er zitterte am ganzen Körper. Er war also nicht in einem anderen Jahrzehnt gelandet.

Auf Zehenspitzen ging ich zu ihm rüber. »Adam«, flüsterte ich und strich ihm über die Stirn. Er war kochend heiß. Seine Augen blieben geschlossen. »Adam, kannst du mich hören?«, fragte ich noch einmal leise. Seine Augenlider begannen zu zucken. Ich setzte mich auf die Bettkante und nahm seine Hand. »Ich bin hier«, ließ ich ihn wissen. »Es wird alles gut. Ich bring dich hier raus.«

Ich holte die Uhr hervor und stach die Nadel in seinen Finger. Ein kleiner Blutstropfen formte sich an seiner Kuppe.

»Ida?«, ertönte seine schwache Stimme.

»Hallo, Adam«, sagte ich sachte und drückte seine Hand ein wenig fester. »Wie geht es dir?«

»Durst«, röchelte er. »Ich habe so einen Durst!«

Es war die pure Qual, die aus ihm sprach.

Selbst für einen gesunden Körper wie meinen war eine Zeitreise anstrengend und eine hohe Belastung. Es war besser, wenn er ein wenig gestärkt war. Meine Angst war groß, dass sein Körper sonst einfach resignierte.

Ich blickte mich um, doch an seinem Bett war keine Wasserflasche zu finden. Dafür stand neben dem Arzt eine Karaffe.

Ich schlich hin, schnappte mir das Gefäß und ging zurück zu Adam. Er war zu schwach, um auch nur seinen

Kopf zu heben. Also schob ich meine Hand unter seinen Hals, um seinen Kopf ein wenig anheben zu können. Dann flößte ich ihn Tropfen für Tropfen ein. Jeder Schluck schien ihm Schmerzen zu bereiten.

Was hatten sie nur mit ihm gemacht?

In der letzten Nacht war er den Umständen entsprechend in einer guten Verfassung gewesen.

»Kannst du kauen?«, fragte ich und holte die Schokoriegel aus der Tasche. »Du musst etwas essen!«

Er sagte nichts, doch als ich ihm die kleinen Stückchen Schokolade in den Mund schob, nahm er sie an. Es dauerte jedoch ewig, bis er ein Stück gekaut und heruntergeschluckt hatte.

Seine Lippen waren ganz spröde. Es war wirklich erschreckend, wie sehr er sich seit gestern Nacht verändert hatte. Ich war mir sicher, dass sie irgendein Mittel an ihm ausprobiert hatten.

»Ich weiß, warum es gestern nicht geklappt hat«, flüsterte ich und hoffte, dass er wahrnehmen konnte, was ich ihm sagte. Er wirkte nicht ganz bei Sinnen. »Heute wirst du mit mir reisen, und dann wirst du versorgt. Alles wird gut. Du hast wunderbar durchgehalten. Aber jetzt ist es vorbei!«

Ich strich ihm seine Haare aus dem Gesicht. Er sah so unfassbar schwach aus.

Sein Blut war nun an der Nadel. Alles, was ich noch tun musste, war, an diesem Rädchen zu drehen, und dann musste keiner von uns beiden mehr in dieser grausamen Zeit leben.

Kapitel 20 Die Entscheidung

»Was tust du da?«, fragte er mit heiserer Stimme, als er sah, wie ich nervös die Uhr in der Hand hielt.

»Ich bringe dich hier raus!«, antwortete ich entschlossen.

»Wohin bringst du mich?«, flüsterte er, weil seine Stimme ihn offenbar verlassen hatte.

Mir entging nicht, wie unruhig er plötzlich wurde.

Es war wohl der Moment gekommen, um ihm die Wahrheit zu sagen. Spätestens wenn er vor meinem Fernseher oder gar vor dem Auto meines Vaters stehen würde, würde er merken, dass er nicht mehr in den 40er-Jahren seines Jahrhunderts lebte. Es war besser, wenn ich ihn darauf vorbereitete.

»Ich bringe dich in die Zukunft«, lüftete ich nun das Geheimnis und versuchte erst gar nicht um den heißen Brei herumzureden. »Ich weiß, dass das verrückt klingt, aber dort bist du sicher, und es wird dir sehr viel besser gehen. Ich habe dir doch erzählt, dass mein Vater Erfinder ist, und diese Uhr ist eine Art Zeitmaschine.«

Er nickte und schien nicht so überrascht zu sein, wie ich es erwartet hätte. »Deshalb bist du einfach so verschwunden?«, fragte er. »Weil du in die Zukunft gegangen bist?«

Er wirkte erstaunlich ruhig in Anbetracht der Tatsache, dass er gerade erfahren hatte, dass man in der Zeit reisen konnte. Vielleicht lag es daran, dass er noch zu geschwächt war und seine Sinne vernebelt waren. Vermutlich hatte er es aber auch bereits geahnt. Vielleicht nicht das Zeitreisen, aber zumindest, dass etwas nicht mit mir stimmte. Mein Auftreten war einfach so exotisch, und ich war viel zu gut genährt für seine Zeit. Außerdem kam ich immer aus dem Nichts und brachte Dinge mit, die er noch nie zuvor gesehen oder geschmeckt hatte. Wer wusste, wie lange er schon ahnte, dass ich anders war?

»Ja, deshalb bin ich immer verschwunden.«

Er drückte meine Hand fest. Ich sah ihm tief in die Augen. Sein Blick wirkte alles andere als erleichtert. »Wenn ich einmal in der Zukunft bin, dann gibt es kein Zurück mehr, oder?«, hakte er kritisch nach.

»Es wäre dumm zurückzukehren«, raunte ich. »Hier ist keiner mehr sicher. In der Zukunft wird das nicht so sein. Da passiert dir nichts.«

Auch wenn ich noch keine Ahnung hatte, wo ich ihn in der Gegenwart unterbringen sollte, so war ich mir trotzdem sicher, dass alles besser war als dieser Ort. Mir würde schon noch etwas einfallen.

»Ich kann hier nicht weg«, röchelte er.

»Adam, du *musst* hier sogar weg! Du stirbst sonst! Was hält dich denn hier?«

Er atmete schwer. Ich konnte nur hoffen, dass die moderne Medizin das wieder hinbekommen würde.

»Ida, du verstehst das nicht.«

»Dann erkläre es mir! Vielleicht kann ich dir helfen!« Er wich meinem Blick aus. Ich sah, wie eine Träne aus seinem Augenwinkel floh. Ich strich sie sachte weg. »Rede mit mir! Ich will dir doch nur helfen«, drängte ich ihn weiter.

»Es gibt jemanden, den ich hier nicht zurücklassen kann.«

Ich runzelte meine Stirn.

»Ich bin mir sicher, dass Anna nicht mehr lebt«, ließ ich ihn mit Tränen in den Augen wissen. »Es tut mir wirklich leid, aber sie ist vermutlich schon länger an einem besseren Ort als hier.«

Auch wenn ich nicht gesehen hatte, wie sie gestorben war, so war ich mir doch sehr sicher, dass sie sie bereits hatten sterben lassen. So, wie es das Schild an dem Mantel gesagt hatte.

»Ich weiß«, entgegnete er ebenfalls mit wässrigen Augen. »Für Anna ist es zu spät, doch ich meine nicht sie. Es gibt da noch jemand anderen.«

Seine Familie war tot. Ich dachte immer, er hätte keinen mehr.

Er begann, seinen hochgekrempelten Ärmel zu entfalten. Plötzlich kam ein winziges Foto zum Vorschein. Es zeigte ein neugeborenes Baby. Darunter stand: *Edith Rosalie Maria von Eggersdorff.*

»Wer ist das?«, fragte ich vorsichtig.

Er starrte einen Moment auf das Foto und wirkte für diesen Augenblick, als wäre er mit seinen Gedanken nicht mehr anwesend.

»Das ist meine Tochter«, kam es über seine Lippen, und sofort schossen die Tränen aus seinen Augen.

Hatte ich mich soeben verhört? Hatte er »Tochter« gesagt? Nein, das war doch nicht möglich! Er hatte nie eine Tochter erwähnt!

Dieser Satz traf mich vollkommen unvorbereitet. So etwas hatte ich nicht einmal in Erwägung gezogen.

»Was?«, hauchte ich entsetzt.

Er schniefte, und nun war es der seelische Schmerz, der ihn quälte.

»Ich habe eine Tochter«, sagte er erneut und schaffte es nicht, mir in die Augen zu sehen.

Ich schluckte schwer. Ich hatte wirklich mit allem gerechnet, aber nicht damit. Es fiel mir schwer, diese Aussage zu verinnerlichen. Er war doch gerade mal achtzehn Jahre alt. Das war wohl das Resultat daraus, dass es in diesem Jahrzehnt noch keine effektiven Verhütungsmethoden gab.

»Wo ist sie?«, war alles, was ich hervorbringen konnte.

Er zuckte mit den Schultern. »Ich weiß es nicht. Sie heißt Edith. Ihre Mutter Maria starb bei der Geburt. Ich wollte für meine Tochter sorgen, doch Marias Eltern haben sie mitgenommen. Sie sagten, ich könne mich nicht kümmern. Ich wäre Jude, und man würde mich früher oder später finden und töten.«

Mir wurde richtig schlecht.

»Damit lagen sie wohl auch gar nicht so falsch«, sagte er verbittert. »Maria war keine Jüdin. Deshalb sollte niemand wissen, dass ich der Vater bin. Um Edith zu schützen. Und deshalb habe ich eingewilligt, dass Marias Eltern Edith mit sich nahmen. Ich habe gehört, dass sie versucht haben, das Land zu verlassen, aber ich weiß nicht, ob sie es geschafft haben. Ich kann hier nicht weg, bevor ich weiß, dass es meiner Tochter gut geht.«

Adam hatte eh schon immer sehr erwachsen auf mich gewirkt. Doch nun wirkte er so reif wie nie. Das waren wohl die Gefühle eines Vaters, der seine Tochter über alles liebte und alles tun würde, um sie zu beschützen.

»Adam«, sagte ich so einfühlsam, wie ich nur konnte. »Wenn du hierbleibst, dann wirst du genau hier in diesem Krankenzimmer sterben. Du wirst deine Tochter nie wiedersehen. Nie wieder, denn die Wahrscheinlichkeit, dass du lebend aus diesem Lager kommst, ist gleich null.«

»Das ist mir egal«, erwiderte er entschieden. »Lieber sterbe ich hier, als meine Tochter allein in dieser Zeit zurückzulassen.«

Ich schüttelte den Kopf, auch wenn ich ihn verstehen konnte. »Adam«, begann ich wieder. »Was hältst du davon, wenn du erst einmal mit mir mitkommst. Dort, wo ich herkomme, wird man dich heilen können. Du musst gesund werden, und wenn du wieder bei Kräften bist, dann kannst du zurückkehren und nach Edith suchen. Zurückzukommen ist kein Problem. Siehst du diese Uhr hier?« Ich zeigte ihm das Schmuckstück. »Damit kann man hin- und herreisen!«

Er hielt inne und schien über meinen Vorschlag ernsthaft nachzudenken. »Ich könnte wirklich wieder herkommen?«

»Ja!«, antwortete ich sofort. »Jederzeit. Ich komme doch auch immer wieder hierher. Du musst nur zuerst gesund werden!«

»Das ist keine Falle? Bitte, lüg mich nicht an!«

»Nein, wieso sollte ich? Ich will dir doch nur helfen. Ich kann dich doch verstehen.« Auch wenn ich es immer noch nicht glauben konnte, dass er eine Tochter hatte. Das war unfassbar!

»Gut, dann bring mich hier raus!«, sagte er entschlossen.

»Das ist die richtige Entscheidung«, sprach ich ihm Mut zu. »Ich warne dich schon mal vor: Es ist ein seltsames Gefühl. Man denkt, man schrumpft, und dann wird alles schwarz, aber glaub mir: Es wird gut gehen.«

Er nickte.

»Wir werden Edith schon finden«, versuchte ich ihm Mut zuzusprechen.

Er biss sich auf die Unterlippe, um nicht weinen zu müssen.

»Das hoffe ich sehr!«

Kapitel 21 Das Schicksal

Ich öffnete die Augen. Der vertraute Anblick meines Zimmers umgab mich.

Wir hatten es geschafft. Sofort spürte ich die angenehme Wärme. Wir waren in Sicherheit. Keiner konnte uns mehr etwas antun. Das Leid hatte endlich ein Ende.

Ich sah nach rechts, ich sah nach links. Ich blickte hinter mich, über mich, unter mich.

Doch da war niemand.

»Adam?«, rief ich in mein Zimmer hinein, doch es kam keine Antwort. Mein Herz klopfte hektisch. »Adam?«, fragte ich erneut, doch mir begann langsam zu dämmern, dass ich keine Antwort mehr bekommen würde.

Das konnte nicht, durfte nicht sein! Ich hatte alles darauf gesetzt, dass er hier neben mir im Zimmer angekommen würde. Es hätte funktionieren müssen! Warum hatte es das nicht getan?

»Nein, nein, nein!«, hauchte ich verzweifelt in die Nacht hinein. Ich hätte am liebsten so laut geschrien, wie ich nur konnte. Lediglich die Tatsache, dass meine Eltern nicht erwachen durften, hielt mich davon ab.

Ich konnte es nicht fassen!

Vor Wut schlug ich in mein Kopfkissen und schmiss es dann mit aller Kraft, die ich aufbringen konnte, in die Ecke meines Zimmers.

Vielleicht war es einfach gar nicht möglich, jemanden aus der Vergangenheit in die Zukunft zu holen. Vielleicht waren all meine Hoffnungen von Anfang an umsonst gewesen. Doch wenn das wirklich der Fall war: Wie sollte ich Adam jetzt noch retten können?

Eins stand für mich fest: Ich würde zurückkehren, und zwar jetzt gleich. Ich würde ihn nicht aufgeben und schon gar nicht einfach so verschwinden und nie wiederkommen.

Ich nahm die Uhr und stach die Nadel in die Karte.

Ich musste ihm irgendwie erklären, dass es offensichtlich nicht möglich war, ihn mitzunehmen. Doch das hieß noch lange nicht, dass ich ihm deshalb nicht helfen würde.

Ich landete erneut bei meinem bereits bekannten Ausgangpunkt und musste mich an den Reihen von Baracken vorbeischleichen, um wieder bei der vermeintlichen Krankenstation anzukommen.

Wieder schlich ich mich ins Gebäude und stellte erfreut fest, dass der Mann mit dem weißen Kittel noch immer schlief. Wir mussten wirklich vorsichtig sein, denn ich bezweifelte, dass wir noch lange von seiner Tiefschlafphase profitieren würden.

Ich sah mich im Raum um. Adam war da. Er starrte mich mit großen Augen an. Auch aus den anderen Krankenbetten vernahm ich Bewegungen, doch mein Blick war nur auf Adam gerichtet.

»Es hat nicht geklappt«, sagte ich verzweifelt, und Tränen begannen zu kullern. »Ich war mir so sicher gewesen.«

»Ich weiß«, sagte er traurig. »Es sollte wohl nicht sein.«

Ich schüttelte den Kopf. »Wir müssen uns etwas anderes einfallen lassen! Ich lasse dich hier nicht so zurück.«

Er sah mich frustriert an. »Was willst du denn machen? Du hast doch selbst gesagt, dass man hier nicht mehr lebend herauskommt.«

Ja, das hatte ich gesagt, aber nun hatte ich eines verstanden: Das hier waren Kriegszeiten, also musste ich kämpfen. Ich würde für Adam alles tun, damit er hier nicht sterben musste. »Ich lasse mir etwas einfallen«, sagte ich überzeugt. »Weißt du, warum du so krank bist? Ich kann dir Medikamente holen. Es ist erst einmal wichtig, dass du wieder zu Kräften kommst.«

»Nein, das weiß ich nicht«, sagte er ratlos. »Sie spritzen mir Flüssigkeiten, aber ich weiß nicht, was das ist. Ich kann dir nicht einmal sagen, ob mir das helfen soll oder ob es das ist, was mich krank macht.«

Was sollte ich nur tun? Es musste doch einen Ausweg geben!

»Ida«, sagte Adam nun sanft. »Du musst mich nicht retten, denn ich bin nicht mehr zu retten. Diese Lager hier sind die Endstation. Das war mir von Anfang an bewusst. Ich werde hier sterben und ...«

»Nein«, unterbrach ich ihn. »Du wirst hier nicht sterben. Das lasse ich nicht zu!«

»Ida, lass mich doch bitte ausreden! Du brauchst dich nicht um mich zu kümmern. Tu mir einfach den Gefallen und versuche Edith zu retten, falls sie zu retten ist. Das würde mir so viel mehr bedeuten. Ich habe mich mit meinem Schicksal abgefunden. Als Jude habe ich sowieso keine Zukunft in diesem Land. Die einzige Sorge, die ich noch habe, ist die Unversehrtheit meiner Tochter.«

»Ich werde mich auch um sie kümmern«, versprach ich sofort. »Aber ich werde dich deshalb nicht zurücklassen.«

Er seufzte.

Ich sah in seine Augen, und viel Lebenswille war dort nicht mehr vorhanden. Er hatte, abgesehen von seiner Tochter, die er nicht kannte, seine gesamte Familie verloren.

Wer konnte es ihm verübeln, dass er aufgegeben hatte? Er war Haut und Knochen. Er hatte sehr hohes Fieber und schwitzte schrecklich. Und er bekam offensichtlich nicht einmal Wasser zu trinken ... Es war nur noch eine Frage der Zeit.

Adam wirkte schwach, auch wenn ich merkte, dass er versuchte, es sich nicht anmerken zu lassen. Ich bezweifelte, dass er auch nur in der Lage wäre aufzustehen. Jegliche Kraft schien ihn verlassen zu haben.

»Ida!«, schrie Adam plötzlich und richtete sich ruckartig auf. Er war jedoch so schwach, dass er Mühe hatte, überhaupt eine sitzende Haltung zu erreichen.

Ich realisierte es zu spät. Ich spürte einen Schlag auf meinen Hinterkopf. Ich ging zu Boden. Und was noch schlimmer war: Die Uhr fiel mir aus den Händen und rutschte unter Adams Bett.

Sie lag außerhalb meiner Reichweite.

Ich begann mich zu wehren. Ich schlug um mich, auch wenn ich weder sah, wer der Angreifer war, noch, wo genau er hergekommen war. Immer wieder bekam ich Schläge mit einem harten Gegenstand gegen meinen Körper.

Doch durch meine Adern schien jetzt reines Adrenalin zu fließen. Ich verspürte keinen Schmerz. Der einzige Gedanke, den mein Gehirn fassen konnte, war die

Uhr. Wenn ich sie nicht zurückbekam, dann würde ich für immer hier festsitzen. Dieser Gedanke ließ mich zu einer Löwin werden. Ich setzte Kräfte frei, von denen ich nicht gewusst hatte, dass sie in meinem Körper schlummerten. Doch ich spürte auch, wie die Panik mich umschloss. Mein ganzes Leben hing von diesem einen Moment ab.

Eine Hand griff mir ins Gesicht. Ich biss meinem Angreifer in die Finger. Dieser schrie auf und ließ kurz von mir ab. Ich nutzte die Gelegenheit, um mich umzudrehen und mich irgendwie orientieren zu können.

Erst jetzt sah ich, dass mein Angreifer der Arzt war, der bis eben noch schlafend über der Zeitung gesessen hatte. Wie hatten wir nicht merken können, dass er plötzlich aufgestanden war?

Ich griff unter das Bett und versuchte mir die Uhr zu schnappen, doch ich konnte sie nicht ertasten. Meine Hand griff immer wieder ins Nichts. Ehe ich mich vorbeugen konnte, um einen genaueren Blick unter das Bett zu werfen, begann man wieder an mir zu zerren.

Ich hörte Adams verzweifelte Stimme, doch er war nicht in der Lage, mir zu helfen. Ich vernahm im Augenwinkel, wie er sich aus dem Bett rollte und auf den Angreifer fiel. Er versuchte wirklich alles, um mich irgendwie zu verteidigen. Doch er konnte nicht viel ausrichten.

Der Arzt schüttelte Adam ab, als wäre er nur ein lästiger Käfer. Ein Schmerzensschrei kam aus Adams Kehle. Dann blieb er reglos liegen. Jedoch hatte mir Adams Manöver einen Augenblick Zeit verschafft, um unter das Bett zu sehen. Ich erblickte die Uhr, doch sie war bis zur anderen Seite des Bettes gerutscht. Ich würde um das Bett herumlaufen müssen, um sie mir nehmen zu können.

Ich musste schnell sein, oder mein Tod war besiegelt.

Doch kaum hatte ich diesen Plan gefasst, traf mich ein harter Schlag gegen die Schläfe, der mich komplett ausknockte. Mein Körper fiel kraftlos zu Boden, und mein Verstand schien sich nur noch in einem dichten Nebel zu bewegen. Ich fühlte, wie meine Hände und Füße fixiert wurden.

Ich hatte den Kampf verloren.

Kapitel 22 Das Leben

Man lernt Dinge erst wirklich zu schätzen, wenn man sie nicht mehr hat – dieser Satz ging mir schon seit Tagen durch den Kopf. Denn erst jetzt begriff ich wirklich, in was für einem Reichtum ich aufgewachsen war. Wie gern würde ich mich duschen. Es wäre mir auch vollkommen egal, ob das Wasser angenehm warm oder eiskalt war. Ich wollte einfach nur diesen Dreck und Gestank loswerden. Wie gern würde ich jetzt durch einen Supermarkt gehen und mir das aussuchen, worauf ich Lust hatte. Genau genommen würde ich alles nehmen. Selbst Rosenkohl und Rosinen könnte ich mittlerweile kiloweise in mich hineinschaufeln. Hauptsache, es käme etwas in meinem Magen an.

Doch das würde ich nie wieder erleben. Mein Magen würde für immer leer bleiben, und ich würde auch nie mehr erfahren, wie sich Wärme anfühlte. Ich hatte dieses Gefühl schon fast vergessen.

Es war früh am Morgen, und noch nie in meinem Leben hatte ich diese Art von Kälte gespürt. Ich trug nur meine dünne Uniform, die jeden Kältezug durchließ. Die Nacht hatte mich komplett ausgekühlt. Ich hatte das Gefühl, dass mein Körper schon so durchgefroren war, dass er nicht einmal auftauen würde, wenn ich mich jetzt in eine Sauna setzte.

Ich schlang meine Arme um meine dünnen Beine, um mir irgendwie den Rest, den ich noch an Körperwärme in mir hatte, zu bewahren.

Ich war dünn geworden. Ich hatte jegliches Zeitgefühl verloren, doch es mussten mittlerweile schon mehrere Wochen sein, in denen ich hier festsaß. Wenn ich so an mir hinuntersah, war offensichtlich, dass ich schon viel zu viele Kilos verloren hatte. Ich konnte nur noch nach Haut greifen. Da war keine Fettschicht mehr. Wir bekamen nichts Festes zu essen und mussten zwölf Stunden am Tag harte Arbeit verrichten – und das bei dieser bitteren Kälte. Ich war am Ende meiner Kräfte. Nicht selten kam in mir der Gedanke auf, einfach in Richtung Grenzzaun zu rennen. Sie würden mich erschießen, und es wäre endlich vorbei. Inzwischen erschien mir das eine erstrebenswerte Option zu sein.

Mein Bauch krampfte. Erst jetzt realisierte ich, dass ich noch nie in meinem Leben zuvor wirklichen Hunger verspürt hatte. Der Schmerz war kaum auszuhalten.

Ich begann zu weinen. So, wie ich es jeden Abend hier tat. Ich war ein verwöhntes Mädchen, das man in ein Konzentrationslager gesteckt hatte. Ich war nicht so stark wie die Frauen um mich herum, die schon seit Monaten unter diesen Bedingungen lebten.

»Weinst du schon wieder?«, hörte ich eine bekannte Stimme.

Es war Greta. Sie war Anfang zwanzig und schon seit drei Monaten inhaftiert. Ihre Haare hatte man geschoren. Genau wie bei mir. Ich trug nun eine Glatze. Was vor Wochen noch mein schlimmster Albtraum gewesen wäre, war nun mein geringstes Übel.

»Ich kann nicht mehr«, schluchzte ich.

Ich gehörte nicht hierher. Ich hätte überhaupt nie in diesem Jahrhundert ankommen sollen. Sophia hatte recht gehabt. Ich hätte einfach nur auf sie hören sollen.

Ich hatte so viel riskiert und nicht die Grenze erkannt, an der ich die Notbremse hätten ziehen sollen. Spätestens als Adam ins Konzentrationslager gekommen war, hätte ich ihn nicht mehr besuchen dürfen. Doch ich war so überzeugt davon gewesen, dass ich ihn hätte retten können. Doch stattdessen saßen wir nun beide in dieser Hölle fest. Vielleicht war er auch schon im Himmel. Ich wusste es nicht. Ich hatte ihn seit der Attacke im Krankenrevier nicht mehr gesehen.

»Du darfst die Hoffnung nicht aufgeben«, versuchte Greta mich zu trösten.

Es gab keinen Anlass, Hoffnung zu haben. Der Krieg würde noch Jahre dauern. Das überlebte keiner hier drin. Und ich schon gar nicht.

Ich würde hier sterben. Weit weg von meiner Familie und meinen Freunden. Ich würde nicht einmal eine Beerdigung bekommen. Und das alles, weil ich ein Praktikum in einem Archiv gemacht hatte.

Und selbst wenn der Krieg vorbei war und ich wirklich so lange durchhalten würde: Was war dann? Dann stand ich vor dem Nichts. In knapp 58 Jahren könnte ich mir dann bei meiner eigenen Geburt zusehen, dachte ich verbittert.

Ich sah Greta in die Augen. »Ich kann einfach nicht mehr«, wiederholte ich. »Und ich will nicht mehr. Das ist für mich kein Leben.« Und dann sagte ich einen Satz, den ich selbst von mir nie erwartete hätte. »Ich habe lieber kein Leben als so ein Leben.«

Ich war immer ein froher Mensch gewesen, der positiv durch die Welt gegangen war, doch an diesem Ort hatte sich alles geändert. Ich wollte nicht um jeden Preis am Leben bleiben.

»Wie geht es denn deinem Rücken?«, fragte Greta und versuchte das Thema zu wechseln.

»Ich glaube, er heilt ganz gut, aber es tut trotzdem höllisch weh. Ich habe heute Nacht kein Auge zumachen können.«

Nachdem ich gestern meine Arbeit offensichtlich nicht zufriedenstellend erledigt gehabt hatte, hatte ich Peitschenhiebe auf meinen Rücken bekommen, wodurch die Haut aufgeplatzt war. Es hatte sich angefühlt, als hätte man mir Schwerter in den Rücken gerammt.

»Lass mich mal sehen!«

Greta schob vorsichtig das Hemd an meinem Rücken hoch und nahm die Stofffetzen, die mir die anderen Frauen aufgelegt hatten, hinunter. Ich hob den Kopf an und sah die nassen Lappen zu Boden fallen. Es war eine Mischung aus Blut und Wundflüssigkeit, die den Stoff tränkte.

»Es scheint zumindest nicht infiziert zu sein«, versuchte sie, sich positiv auszudrücken. »Ich lege dir neue Lappen auf.«

Es gab keinerlei Schmerzmittel oder sonstige Medikamente. Die letzten Stunden hatte ich abwechselnd mit Heulen und Schreien verbracht.

»Au«, jammerte ich, als sie mir neue Lappen auf die Wunde auflegte.

»Das wird schon wieder«, sagte Greta.

Woher nahm sie diese Kraft? Auch sie bekam kein richtiges Essen, und auch sie wurde gefoltert und ständig mit dem Tod konfrontiert. Und sie musste das alles schon viel länger ertragen.

»Nicht weinen«, versuchte sie mich zu trösten, und nahm mich liebevoll in den Arm. Sie war wohl darauf bedacht, dabei nicht meinen Rücken zu berühren. »Du darfst ihnen nicht zeigen, dass du schwach bist!«

»Ich bin aber schwach.«

Spätestens seit gestern hatte ich mit meinem Leben abgeschlossen. Und wenn ich mich in meiner Baracke umsah, dann wurde ich in diesem Entschluss nur bekräftigt.

Diese Frauen waren nur noch Skelette, deren einziges Ziel es jeden Morgen war, den heutigen Tag zu überleben. Wir alle hatten so unfassbaren Hunger, sodass jeder Käfer, der über den Boden kroch, gegessen wurde. Fast jeden Morgen erwachte eine andere von uns nicht aus ihrem Schlaf. Neben einem Toten aufzuwachen, mit dem man gestern zusammen Gräber ausgehoben hatte, war an Grausamkeit kaum noch zu überbieten.

Draußen ertönte eine Sirene. Wir alle wussten, was das bedeutete: Wir mussten wieder funktionieren.

»Los, du musst aufstehen!«

Ich schüttelte den Kopf.

»Ida, wenn du nicht einmal versuchst, am Leben zu bleiben, dann frage ich mich, ob das ein Tod in Würde ist?«

»Niemand stirbt hier in Würde!«, konterte ich sofort.

»Ida, bitte!«

Sie zog mich hoch. Ich stand auf wackeligen Knien. Ich erschrak, als ich an mir hinuntersah und realisierte, wie dünn ich wirklich war. Es gab keine Fettreserven mehr. Gestern Abend hatte ich mich nackt gesehen. Meine Brüste waren nur noch leere Hautlappen. Was bei Omas vielleicht normal war, sollte es definitiv nicht bei einer Siebzehnjährigen sein.

Ich dachte an meine Eltern, die seit Wochen damit leben mussten, dass ihre Tochter verschwunden war, und zwar spurlos. Ob Sophia ihnen die Wahrheit gesagt hatte? Damit meine Eltern wenigstens Gewissheit hatten und nicht davon ausgehen mussten, dass ein Irrer mich in irgendeinem Keller festhielt und dort folterte.

Ich wollte nicht in Sophias Haut stecken, denn das war alles andere als eine leichte Entscheidung. Man musste schon sehr klug vorgehen, um meine Eltern davon zu überzeugen, dass ich verschwunden war, weil ich in der Zeit gereist war. Gab es überhaupt jemanden, der so etwas glauben würde, wenn er es nicht selbst erlebt hatte?

Die Tür der Baracke schwang auf.

Alle waren still und standen kerzengerade in einer Reihe. Nur ich musste eine leicht gebückte Haltung einnehmen. Anders hätte ich die Schmerzen nicht ertragen können.

»Antreten!«, ertönte ein Schrei.

Prompt marschierten wir alle nach draußen, wo ein schwerer Schneesturm tobte. Die Flocken peitschten mir ins Gesicht, und meine Kleidung war innerhalb von Sekunden durchnässt. Wie sollte ich diesen Tag nur überstehen? Heute würde ich erfrieren. Dessen war ich mir sicher.

Ich spürte, wie ein Offizier mich fixierte. Vermutlich sah ich am schwächsten von allen aus. Oder es war einfach nur Pech. Man wusste nie so genau, wonach sie auswählten.

»Du!«, brüllte er, und ich zuckte zusammen.

Er kam mir unangenehm nahe.

»Mitkommen!«

Das war es also! Jeder wusste, was das bedeutete. Die Auserwählten kamen nie zurück. Jeden Morgen wurde aussortiert und derjenige, wie es das Gerücht besagte, zum Erschießungskommando gebracht.

Greta stand neben mir, und ich sah, wie sie mich aus dem Augenwinkel mitleidig ansah. Ihr Unterkiefer zitterte, und es sah so aus, als würde sie die Tränen zurückzuhalten versuchen.

Der Wachmann packte mich am Unterarm. »Beweg deine Beine, los jetzt!« Er zog mich hinter sich her.

Ob es ein qualvoller Tod war, durch einen Schuss zu sterben?

Der tiefe Schnee durchnässte meine löchrigen Schuhe.

Er brachte mich in eine kleine Holzhütte und schloss hinter sich ab.

Hier wollte er mich also erschießen. Ich hatte es mir zugegebenermaßen anders vorgestellt. Eher wie eine Massenabfertigung. Das hier hatte ja schon fast etwas Intimes.

Ich sah den Mann angsterfüllt an, der der letzte Mensch sein würde, mit dem ich Kontakt hatte. Er wirkte nicht viel älter als ich, hatte blaue Augen, blonde Haare und eine auffällig reine Haut. Was hatte ihn nur zu so einem Monster gemacht? Würde nicht ein Hakenkreuz auf seinem Ärmel prangen und er nicht diesen diabolischen Blick haben, könnte man ihn für einen netten Kerl halten.

Ich erwartete, dass er sein Gewehr auf mich richtete und abdrückte, doch plötzlich öffnete er seine Hose und stand schmierig grinsend vor mir.

Nein, hier starb wirklich niemand würdevoll. So viel stand fest.

Kapitel 23 Der Schmerz

»Bitte nicht«, flüsterte ich, doch meine Worte schienen ihn nicht zu erreichen.

Ich versuchte, nicht auf sein steifes Glied zu starren. Allein die Vorstellung, was er mit mir machen würde, löste eine Panikattacke in mir aus.

»Lass mich doch einfach sterben!«, flehte ich. »Erschieß mich doch einfach. Bitte!«

Er beugte sich zu mir und kam mir so nahe, dass ich seinen alkoholgetränkten Atem riechen konnte.

»Alles zu seiner Zeit«, hauchte er mir ins Ohr und grinste dabei. »Sonst habe ich doch gar keinen Spaß, wenn ich dich jetzt schon erschieße.«

Ich war zu schwach, um mich zu wehren.

Er machte mich zu seiner Marionette. Er schien in mir kein lebendiges Wesen mehr zu sehen, sondern einfach nur eine Puppe, an der er seine perversen Fantasien auslassen konnte.

Ich musste würgen. Da mein Magen jedoch schon seit Ewigkeiten nicht mehr gefüllt worden war, gab es nichts, das ich erbrechen konnte. Stattdessen würgte ich immer wieder und versuchte ihn von mir wegzustoßen, doch es gelang mir nicht.

Schließlich nutzte ich meine Zähne und biss fest zu.

»Du dummes Miststück!«, brüllte er mich an und schlug mir ins Gesicht. »Du willst es also auf die schmerzhafte Art. Das kannst du haben!«

Er gab mir eine weitere Ohrfeige und presste mich dann auf den harten, kalten Fußboden – mit dem Gesicht nach unten.

»Bitte nicht!«, flehte ich erneut.

Ich schrie vor Schmerz, doch immer wieder hielt er mir die Hand über den Mund. Er wirkte wie ein wild gewordenes Tier, das durch nichts mehr zu bremsen war. Er verging sich an mir ohne jegliches Mitgefühl.

Ich wimmerte, flehte, betete, doch nichts half. Ich wollte, dass dieses beschissene Leben endlich ein Ende hatte. Die Schmerzen wurden mit jeder Sekunde schlimmer. Es wurde unerträglich. Er schlug und würgte mich. Zigmal meinte ich zu ersticken, doch immer wieder ließ er im letzten Moment von mir ab, sodass mir der ersehnte Tod verwehrt blieb.

Er spuckte auf mich und beschimpfte mich als Judenschlampe.

Irgendwann kam ich an einen Punkt, an dem ich einfach nur dalag und wartete, bis es vorbei war. Ich bewegte mich keinen Zentimeter, und man hätte mich wohl auch durch eine Leiche ersetzen können, denn ich war nicht nur regungslos, sondern auch eiskalt. Tränen strömten über mein Gesicht, doch ich war still. Dafür hörte ich sein Stöhnen.

Dieses Schwein. Dieses perverse Schwein. Was war das nur für eine Welt?

Als er seine Bedürfnisse offenbar befriedigt hatte, ließ er von mir ab und zog sich seelenruhig seine Hose wieder an.

»Jetzt kannst du von mir aus erschossen werden«, war alles, was er dazu zu sagen hatte.

Er zog mich an den Armen hoch, sodass ich gezwungen war zu stehen. Ich war splitterfasernackt und konnte kaum mein Gleichgewicht halten. Ich sah an mir hinunter. Blut floss meine Beine entlang.

»Komm mit, du Judenschwein!«

Er zerrte mich aus der kleinen Hütte in die Kälte. Noch immer trug ich keine Kleidung. Doch auf einmal war mir die Kälte egal. Alles war mir egal. Es war Zeit zu sterben. Schlimmer konnte es nicht mehr werden.

»Gustav!«, brüllte mein Vergewaltiger laut über den Platz, der sich vor uns erstreckte. Ein Offizier, der ein paar Meter von uns entfernt stand und Insassen vor sich her scheuchte, drehte sich um. »Ich habe hier noch eine für dich. Die kannst du mitnehmen!«

Besagter Gustav sah mich an und schien in keiner Weise irritiert von meinem Auftreten. Offenbar war es gang und gäbe, dass Frauen vor der Erschießung noch einmal vergewaltigt wurden.

»Geh!«, diktierte mein Peiniger und schubste mich vor sich her.

Ich taumelte. Meine Beine schafften es kaum, mich zu tragen. Die anderen Häftlinge sahen mich mit geschockten und mitleidigen Blicken an.

»Schneller!«, brüllte er und schlug mir auf meinen nackten Hintern.

Barfuß reihte ich mich in die Gruppe ein. Meinen Blick ließ ich unten auf den schneebedeckten Boden gerichtet. Ich musste nicht mehr lange durchhalten. Gleich hatte ich es geschafft.

Ich spürte einen leichten Stups von rechts. Ich sah hoch und war mir nicht sicher, ob ich schon in einem Stadium war, in dem ich zu halluzinieren begann.

Träumte ich?

Er war noch dünner geworden, falls das überhaupt möglich war, doch er war es.

»Adam?«, kam es mir kaum hörbar über die Lippen.

Er nickte und schien von meinem Anblick so erschüttert, dass er kein Wort hervorbrachte.

»Wir haben es geschafft. Sie erschießen uns«, flüsterte ich ihm zu.

Er schüttelte kaum wahrnehmbar den Kopf und nahm meine Hand. Sofort spürte ich, dass er etwas in der Hand hatte. Etwas aus Metall. Ich ertastete es.

Die Uhr!

Mit großen Augen sah ich ihn an.

»Ich konnte sie retten«, sagte er leise. »Ich habe bis zum Schluss noch gehofft, dich zu finden!«

Er presste die Uhr in meine Handfläche, sodass ich gezwungen war, sie zu nehmen.

»Na los! Verschwinde, ehe es zu spät ist«, drängte mich Adam.

Ich fühlte mich innerlich tot, und das schien auch Adam zu merken. Ich war schon längst gestorben.

»Ida, du musst in deine Zeit zurück! Du kannst hier raus. Du bekommst die Chance auf ein Leben. Alle hier drin hätten gern so eine Chance wie die, die du jetzt hast. Also nutze sie und lebe dein Leben auch ein Stückchen für uns mit! Das bist du uns allen hier schuldig! Du kannst nicht einfach aufgeben, indem du dich erschießen lässt! Verstanden?«

»Ich kann nicht mehr! Guck mich doch an!«, sagte ich schluchzend.

Ich wusste ganz genau, dass Adam erschrocken davon war, wie ich aussah. Kahl geschoren, abgemagert bis auf die Knochen und von tiefen Wunden übersät. Geschlagen, gefoltert, missbraucht, vergewaltigt und gedemütigt.

»Du bist das stärkste Mädchen, das ich je kennengelernt habe. Wenn es eine schaffen kann, dann du!«

Ich dachte an die Ida zurück, die ich einmal gewesen war. Ja, ich war wirklich ein starkes Mädchen gewesen. Doch so fühlte ich mich nicht mehr. Ich war mittlerweile ein anderer Mensch.

»Denk an deine Familie«, fügte er hinzu. Damit traf er genau den Punkt, an dem man noch zu mir durchdringen konnte.

Meine Familie.

Meine Eltern würden des Lebens nicht mehr glücklich werden, wenn ich einfach so spurlos verschwunden war. Sie würden nie wissen, was mit mir geschehen war. Das konnte ich ihnen nicht antun. Es wäre egoistisch.

»Stimmt«, sagte ich. »Du hast recht.«

Ein ganz schwaches Lächeln huschte über sein Gesicht. Es war makaber angesichts der Tatsache, dass er noch heute erschossen werden würde.

»Na los, geh schon!«, sagte er hastig.

Ich nickte.

Was sollte ich Adam zum Abschied sagen. Sein Leben würde nur noch Minuten andauern. Was gab man in solchen Augenblicken von sich? *Einen schnellen Tod! Alles Gute! Du schaffst das schon! War nett, dich kennengelernt zu haben!* Das war doch alles Mist!

»Ich werde dich nie vergessen!«, sagte ich schließlich und küsste ihn ganz flüchtig.

»Mach's gut, Ida!«, sagte er und sah mir dabei nicht nur in die Augen. Ich hatte das Gefühl, dass er mir direkt in die Seele blickte.

Kapitel 24 Das Erwachen

Mein Körper fiel zu Boden.

Der Teppich kam mir so viel weicher vor als sonst.

Ich war umgeben von Wärme. Ich hatte dieses Gefühl schon fast vergessen. Meine Gliedmaßen waren so steif gefroren, dass ich nicht in der Lage war, mich zu bewegen.

Ich wollte um Hilfe rufen, doch mein Körper war dazu nicht mehr fähig. Meine Lippen formten zwar die Worte, doch es kam kein Ton mehr aus meiner Kehle.

Ich schloss die Augen. Das war das Einzige, was sich in diesem Moment für mich richtig anfühlte. Ich wollte einfach nur schlafen. Schlafen und vergessen. Alles sollte vorbei sein.

Ich schaffte es nicht einmal, mich ins Bett zu hieven. Ich blieb einfach auf dem Teppichboden liegen, rollte mich zusammen und ließ meine Augenlider zugehen. Es war mir egal, dass ich nackt und blutüberströmt dalag. Mein Körper war geschunden, meine Seele zerstört.

Ich erwachte, als man an meiner Schulter rüttelte. Erst war es nur zart, doch dann hatte ich das Gefühl, dass mein gesamter Körper durchgeschüttelt wurde.

Ich hob langsam meine Augenlider und sah in die verheulten Augen meines Vaters. Sein Gesicht war eingefallen.

»Ida! Hörst du mich?«, rief er panisch. »Der Krankenwagen müsste jeden Moment da sein. Es wird alles gut. Halte durch! Ich bin hier. Verstehst du? Ich bin hier!«

Er war vollkommen aufgelöst und weinte ununterbrochen. Noch nie hatte ich meinen Vater in einem derartigen Zustand gesehen. Erst neulich hatte ich gedacht, dass ich ihn in der schlimmsten Verfassung seines Lebens gesehen hatte, doch das war nichts im Vergleich zu seiner jetzigen Panik.

»Versuch ein Schluck zu trinken!«, sagte er und hielt mir eine Wasserflasche hin. »Du brauchst Flüssigkeit!« Sanft hob er meinen Kopf an und versuchte mir ein paar Tropfen einzuflößen. Erst jetzt bemerkte ich, dass man mir eine Decke übergeworfen hatte. Das Wasser lief ungehindert aus meinem Mund heraus. Ich konnte es nicht schlucken.

»Was ist nur passiert?«, hörte ich die schwache Stimme meiner Mutter.

Nun erkannte ich auch sie. Sie saß auf meinem Bett und schaute schockiert auf mich herunter. Noch schlimmer traf mich jedoch der Anblick meiner Schwester. Svea saß neben Mama und blickte starr auf mich. Auch sie weinte. Ihre Wimperntusche war in ihrem gesamten Gesicht verteilt.

»Ida, kannst du mich hören?«, fragte mein Vater wieder.

Ich sah ihn an und versuchte ein Kopfnicken anzudeuten.

Draußen vor dem Fenster ertönte das Martinshorn. Sofort sprang meine Mutter auf und rannte nach unten zur Tür. Das Blaulicht erhellte mein Zimmer.

»Meinst du, sie überlebt?«, fragte Svea leise und verängstigt in den Raum.

»Natürlich tut sie das!«, erwiderte mein Vater sofort. »Ich weiß, dass du das packst, Große!«, flüsterte er mir zu und schien sich darüber bewusst zu sein, dass ich alles hören konnte. »Du bist ein starkes Mädchen. Du schaffst das!«

»Aber sie ist so dünn, und da ist so viel Blut«, sprach Svea weiter, und ich konnte die Verzweiflung in ihrer Stimme hören.

»Sie wird schon wieder«, erwidert mein Vater und küsste mich auf die Stirn. »*Du wirst* schon wieder.«

Sanitäter kam in mein Zimmer gestürzt, und schlagartig wurde es hektisch. Nadeln wurden in meinen Körper geschoben, eine Sauerstoffmaske auf mein Gesicht gedrückt. Es geschah viel zu viel auf einmal, sodass ich gar nicht realisieren konnte, was passierte. Mein Verstand wirkte umnebelt, und ich vermutete, dass sie mir irgendein starkes Schmerzmittel verabreicht hatten.

Mein Vater wich mir nicht von meiner Seite. »Es wird alles gut, Schatz«, sagte er immer wieder.

Er hielt so lange meine Hand, bis die Sanitäter mich auf einer Trage durch unser schmales Treppenhaus nach unten transportierten. Doch auch dann verließ mich die Stimme meines Vaters nicht.

»Und Sie haben keine Ahnung, wie Ihre Tochter zu diesen Verletzungen gekommen ist?«, hörte ich den einen Sanitäter nachhaken.

»Nein, sie lag auf einmal in ihrem Zimmer. Wir haben nicht gehört, wie sie reingekommen ist. Sie war seit Wochen verschwunden. Haben Sie denn nicht die Nachrichten gesehen? *Sie* ist das vermisste Mädchen!« Papa strich mir sanft über die Wange. »Keine Ahnung, wo sie sich aufgehalten hat. Die Polizei hatte bisher keinen Erfolg bei der Fahndung. Sie wird doch aber wieder komplett gesund, oder?«

Offensichtlich hatte Sophia kein Ton gesagt.

Ich spürte, wie ich immer mehr wegdämmerte und kaum noch etwas aus meiner Umgebung wahrnahm.

Es folgte ein seltsamer Zustand – ein Wechsel aus Licht und Schatten. Immer wieder drang Lärm zu mir, doch ich konnte nie genau sagen, was es war. Manchmal war mir warm und manchmal kalt. Manchmal fühlte ich mich gut und manchmal richtig schlecht. Es lag ein monotones Piepen in meinen Ohren.

»Sie wird wach! Guck, ihre Augen flackern«, hörte ich eine vertraute Stimme sagen.

Sofort spürte ich Finger, die nach meiner Hand griffen.

»Ich finde, sie hat wieder ein bisschen Farbe im Gesicht bekommen«, sagte meine Mutter, und allein ihre Stimme zu hören beruhigte mich ungemein.

»Nach fünf Tagen Dauerschlaf würde ich auch fitter aussehen«, antwortete Svea, und ich konnte mir bildlich vorstellen, was Mama ihr gerade für einen Blick zuwarf.

Ich blinzelte.

Das Licht war so hell, dass es mir in meinen Augen wehtat. Ich hatte das Gefühl, ein Laserstrahl würde mir die Iris wegschmoren. Meine Augen schienen mit so viel Helligkeit nicht mehr umgehen zu können. Immer wieder öffnete ich sie kurz und schloss sie dann wieder, bis ich mich irgendwann daran gewöhnt hatte.

»Wir sind alle hier«, sagte Papa und beugte sich zu mir herab.

Noch nie zuvor war ich so froh gewesen, meine Familie so vereint wie in diesem Moment zu sehen. Doch so schön die Familienidylle von außen auch aussah, so heftig überkam mich die Last der Erinnerung – der Hunger, die Kälte, die Schmerzen, die Erniedrigung, das Leid, der Durst, der Missbrauch, die Schwäche ... Adam.

Ich versuchte die Gedanken daran abzuschütteln, doch es gelang mir nicht. Ich hatte das Gefühl, dass sich ein dunkler Schleier um mich herumlegte.

Plötzlich entdeckte ich eine Polizistin im Raum. Ich war mir sicher, dass sie, wie alle anderen auch, viele Fragen hatte. Fragen, die ich nicht beantworten konnte.

»Du brauchst keine Angst zu haben«, sagte Papa, als er meinen Blick aufgriff. »Sie will nur ein paar Fragen stellen, um herauszufinden, wer dir das angetan hat.«

Mit Sicherheit wussten Mama und Papa mittlerweile, dass man mich vergewaltigt hatte.

Ich schüttelte den Kopf. Ich wollte mit niemandem über das reden, was geschehen war. Bilder tauchten vor meinem inneren Auge auf, und plötzlich hatte ich das dringende Bedürfnis wegzurennen. Ich wollte einfach nur noch allein sein.

»Hey, es ist gut, Ida. Ich bin doch hier.«

Mein gesamter Körper war angespannt, meine Hände begannen zu zittern.

»Ida, niemand wird dir mehr Schmerzen zufügen können. Dafür sorgen wir. Das verspreche ich dir! Wir werden umziehen, hörst du? Wer immer dir das hier auch angetan hat, wird dich nicht mehr finden können! Es ist schon alles geplant! Dir wird keiner mehr wehtun! Wir ziehen hier weg. Weit weg! Ich lasse so etwas nicht noch einmal zu.«

Ich hörte Papa, doch ich verstand nur die Hälfte. Zu lebhaft waren die Erinnerungen an die Vergewaltigung, an die Auspeitschung und an Adam. Vor allem aber die Vergewaltigung fühlte sich an, als wäre sie erst Minuten her.

Tränen schossen in meine Augen.

Er hatte mich benutzt, als wäre ich nichts wert. Als wäre ich eine Gummipuppe, die nichts fühlte. Doch ich hatte alles gefühlt! Alles!!

Ich begann bitterlich zu weinen.

All die Emotionen, die ich in den letzten Tagen und Wochen zu unterdrücken versucht hatte, brachen mit einem Mal aus mir heraus.

Papa drückte mich fest an sich, wobei mir wieder bewusst wurde, wie klapperdürr ich doch war.

»Das passiert nie wieder. Das lass ich nicht zu!«, versprach er mir.

Ich wusste, dass so etwas nie wieder geschehen würde, denn noch einmal würde ich nicht in die Vergangenheit reisen. Adam war tot. Dessen war ich mir sicher. Ich hatte keinen Grund mehr, in diese Hölle zurückzukehren. Doch die Tatsache, dass es nie wieder geschehen würde, ließ mein Trauma nicht verblassen. Der Schmerz der Vergangenheit blieb. Und er würde auch immer bleiben. Manche Dinge brannten sich so tief in die Seele ein, dass nichts und niemand sie heilen konnte.

Das Einzige, was mir ein wenig Hoffnung schenkte, war Adams Tochter. Sie zu finden und zu erfahren, dass sie überlebt hatte, war wohl der einzige kleine Trost, den ich noch haben konnte.

Kapitel 25 Das Geheimnis

Sophia schlang fest ihre Arme um meinen Körper. Sie weinte noch mehr, als ich es tat.

»Ich dachte, du wärst tot. Ich war mir so sicher, dass sie dich getötet haben«, schluchzte sie. Dann sah sie mich an und fuhr mit ihrer Hand über meine strubbelige Glatze. »Was haben sie dir nur angetan?«

Ich sah vor Scham zu Boden. Ich hatte sie in eine furchtbare Situation gebracht. »Ich bin so froh, dich zu sehen!« Sophia war die Einzige, der ich mich anvertrauen konnte. Ich könnte ihr von all den schrecklichen Dingen erzählen, die ich erlebt hatte, doch ich entschied mich dagegen. Ich wollte nie wieder darüber sprechen.

»Es tut mir so leid, Sophia«, entschuldigte ich mich aufrichtig. »Ich hätte auf dich hören sollen. Du hattest von Anfang an recht.«

Sie lächelte sanft. »Schon okay. Du warst halt verliebt. Da tut man manchmal unfassbar dumme Dinge. Wie geht es dir denn?«

Ich zuckte mit den Schultern. »Ganz okay. Das wird schon wieder«, sagte ich floskelhaft.

Sophia war meine beste Freundin, und deshalb spürte sie ganz genau, dass die Ida von damals nie wieder in dieser Form zurückkehren würde.

»Wann darfst du denn wieder aus dem Krankenhaus?«, erkundigte sie sich, als sie merkte, dass ich nicht über das Geschehene sprechen wollte.

»Wenn es gut läuft, morgen.« Ich sah bedrückt aus dem Fenster, wo starke Windböen die kahlen Äste bog. »Aber ich werde nicht mehr zurück in die Schule gehen. Meine Eltern haben sich entschlossen wegzuziehen.«

Sophia nickte. »Ich weiß. Ich stand mit ihnen in den letzten Wochen viel in Kontakt. Du kannst dir nicht vorstellen, was sie durchgemacht haben. Ich finde es furchtbar, dass du wegziehst, aber ich kann deine Eltern verstehen. Sie wussten nicht einmal ansatzweise, was mit dir passiert ist. Es gab die verrücktesten Theorien! Und ich glaube, sie haben auch immer noch Angst, dass du erneut verschwindest. Sie denken, dass es vielleicht noch nicht vorbei ist. Weißt du eigentlich, dass vor der Tür die ganze Zeit ein Polizist steht?«

Ich nickte. »Ja, ich weiß. Ich habe auch gesehen, dass die ganze Sache groß in den Medien war.«

»Natürlich war es das!«, sagte Sophia sofort. »Die Umstände deines Verschwindens waren auch äußerst mysteriös. So etwas interessiert die Menschen. Insbesondere, wenn ein junges, hübsches Mädchen auf diese Art und Weise vom Erdboden verschluckt wird.«

Meine Mutter hatte mir erzählt, wie Journalisten sogar unser Haus belagert hatten. Meine Geschichte hatte nicht nur regional Schlagzeilen gemacht, sondern sogar national. Selbst einige internationale Fernsehsender und Zeitungen hatten darüber berichtet.

»Hast du denn jemals überlegt, meinen Eltern die Wahrheit zu sagen?«

Sophia lachte bitter. »Ja, ich habe natürlich darüber nachgedacht, aber mal im Ernst: Wer hätte mir denn geglaubt? Ich hatte keinerlei Beweise, und selbst wenn mir jemand geglaubt hätte, dann hätte man dich auch nicht mehr retten können. Ich dachte, es wäre besser zu schweigen. Sonst wäre der Medienrummel noch viel größer geworden.«

Vermutlich hätte ich mich genauso entschieden.

Plötzlich klopfte es an meiner Tür. Oma schlurfte ins Zimmer hinein. Sie sah noch gebrechlicher aus als sonst.

Sophia und ich tauschten kurz Blicke aus.

»Ich komme einfach später wieder«, sagte meine beste Freundin verständnisvoll und gab mir einen Kuss auf die Wange. »Sie gehört Ihnen«, richtete Sophia mit freundlicher Stimme das Wort an meine Oma.

Die lächelte schwach, schien jedoch zu überwältigt, um ihr Lächeln authentisch aussehen zu lassen. »Was haben sie nur mit dir gemacht?«, war das Erste, was sie sagte. »Deine Haare! Und du bist so mager.«

»Es wird alles wieder gut, Oma«, versuchte ich sie zu beruhigen, denn es war deutlich sichtbar, wie aufgewühlt sie war. »Die Haare wachsen wieder nach. Und ein paar Kilos lege ich auch mit Leichtigkeit wieder zu. Du weißt doch, wie gern ich esse.« Ich versuchte, locker und positiv zu klingen.

Sie setzte sich nun neben mein Bett und nahm meine Hand.

»Tu das nie wieder! Hörst du! Nie wieder!«, mahnte sie mich.

»Versprochen, Oma!«

Ich sah, wie eine Träne über ihre Wange kullerte. »Oma, bitte weine doch nicht!«

»Ich habe mich so schlecht gefühlt«, setzte sie an. »Wir haben uns gestritten. Erinnerst du dich? Das war unsere letzte Begegnung. Wir sind im Streit auseinandergegangen.« Eine zweite Träne entwich aus ihrem Augenwinkel. »Es hätte mir das Herz gebrochen, wenn wir beide uns für immer im Streit getrennt hätten. Es tut mir so leid, Kleines!«

Sie saß da wie ein Häufchen Elend.

Mit aller Kraft, die ich aufbringen konnte, richtete ich mich auf und beugte mich zu ihr nach vorn, sodass ich sie umarmen konnte.

»Es tut mir auch leid! Du weißt doch, wie lieb ich dich habe!«, beteuerte ich. »Ich möchte mich nie wieder mit dir streiten.«

Sie nickte. »Willst du mir erzählen, was man mit dir gemacht hat? War es dieser Junge, von dem du erzählt hast?«

Der Gedanke an Adam schmerzte so sehr. Ich hatte nicht einmal ein Foto von ihm. Irgendwann würde ich wahrscheinlich vergessen, wie er ausgesehen hatte.

»Nein, er hat damit wirklich nichts zu tun«, beteuerte ich.

»Ich weiß, dass du der Polizei nicht sagen kannst oder willst, was geschehen ist. Aber sag mir doch wenigstens, ob du dich sicher fühlst. Oder bedroht dich noch immer jemand?«

»Keine Sorge. Es gibt wirklich keinen Grund mehr zur Angst. Das verspreche ich dir.«

»Aber warum sagst du der Polizei nicht, wer dir das angetan hat? So kannst du vielleicht noch weitere Opfer verhindern. Stell dir doch einmal vor, sie tun das auch mit anderen Mädchen! Diejenigen gehören doch eingesperrt! So jemand darf nicht frei herumlaufen! Warum schweigst du und nimmst diese Täter somit in Schutz?«

»Es ist leider nicht so einfach«, ließ ich sie wissen. »Aber eins kann ich dir sagen: Es wird keine weiteren Opfer mehr geben.«

Zumindest aus heutiger Sicht.

Oma schien mit meiner Antwort nicht zufrieden, schien jedoch zu bemerken, dass eine weitere Diskussion keinen Sinn hatte.

»Hauptsache, du bist wieder da und kommst schnell wieder auf die Beine!«, versuchte sie positiv zu klingen. Dann sah sie mir direkt in die Augen. »Ich bin so froh, dass ich dich noch einmal umarmen konnte. Ich hätte mit meinem Leben keinen Frieden schließen können, wenn du einfach verschwunden geblieben wärst.«

Kapitel 26 Der Irrtum

Meine Eltern hatten es wirklich ernst gemeint. Wir würden hier wegziehen. Und zwar weit weg. Wir würden sogar das Land verlassen und nicht mehr wiederkommen.

Sophia hatte mir bereits versprochen, mich in den nächsten Ferien zu besuchen, doch das war leider nur ein sehr schwacher Trost. Ich vermisste sie jetzt schon.

Ich bekam nur stückchenweise mit, wie sehr meine Eltern unter meinem Verschwinden und traumatischen Wiederauftauchen gelitten hatten. Sie fühlten sich nicht mehr wohl in dem Haus, in dem sie mich blutüberströmt gefunden hatten. Und noch viel mehr hatten sie Angst, dass ich wieder verschwinden könnte, denn bis jetzt war niemand der Wahrheit auf der Spur. Ich war nicht die Einzige in der Familie, die traumatisiert war. Die ganze Familie befand sich in psychologischer Behandlung.

Meine Zukunft würde in Irland stattfinden. Die Firma meiner Mutter hatte sie dorthin versetzen können, und als Arzt hatte auch Papa dort schnell eine Stelle gefunden.

Selbst Svea leistete erstaunlich wenig Widerstand. Ihr größtes Problem war bis jetzt die Schuluniform gewesen.

Unsere Koffer waren gepackt. Morgen ging der Flug.

Ich musste gestehen, dass auch ich froh war, hier wegzukommen. Vielleicht würden meine Albträume in einer fremden Umgebung nachlassen.

Doch bevor ich meine Vergangenheit hinter mir ließ, hatte ich noch zwei Dinge zu erledigen.

Ich stand vor einer weißen Holztür, atmete tief durch und betätigte die Klingel.

Sophia wartete auf der anderen Straßenseite, denn meine Eltern ließen mich nach wie vor nicht allein aus dem Haus. Es hatte mich schon sämtlich Überredungskunst gekostet, mit Sophia allein rauszugehen.

Mein Herzschlag wurde schneller. Es war so ein Zufall gewesen, dass sie nur zwanzig Kilometer entfernt wohnte. Oder zumindest hier gemeldet war. Ob sie hier wirklich wohnte, würde sich gleich herausstellen.

Von Eggersdorff stand auf dem Klingelschild.

Ich hatte mein Versprechen eingehalten. Mindestens das war ich Adam schuldig. Ich hatte seine Tochter gesucht, und wenn die Auskunft stimmte, die man mir gegeben hatte, dann würde sie mir gleich die Tür öffnen.

Ich hoffte so sehr, dass sie noch lebte und es ihr gut ging. Es hatte Adam so sehr am Herzen gelegen. Auch wenn er schon tot war und es für ihn keine Rolle mehr spielte, wollte ich ihm diesen Gefallen tun. Ich hatte keine Ahnung, was ich ihr sagen sollte, falls sie es wirklich war, doch ich wollte wenigstens wissen, dass es ihr gut ging.

Schritte kamen näher.

Meine Hände wurden schwitzig.

Langsam öffnete sich die Tür. Ich hielt inne … und mit großen Augen sah ich die Person an, die mir gegenüberstand.

Es war keine ältere Dame, mein Gegenüber war deutlich jünger und männlich.

»Ida?«

Entsetzt starrte ich ihn an. Was machte *er* hier? »Leon?«

Irritiert sah er mich an. »Ich bin bei meiner Oma zu Besuch. Die Frage ist eher, was du hier machst.«

Ungläubig schüttelte ich den Kopf. Auch er schien nicht recht zu verstehen, was hier vor sich ging.

»Edith Rosalie Maria von Eggersdorff ist deine Oma?«

Er nickte. »Ja, Oma Rosa. Ich habe dir von ihr erzählt. Erinnerst du dich nicht? Das ist die Oma, die von der Leiter gefallen ist und sich das Handgelenk gebrochen hat. Warum fragst du das, und was machst du überhaupt hier?«

Ich schüttelte noch immer den Kopf. Ich musste erst einmal meine Gedanken ordnen.

»Nicht wichtig«, verweigerte ich ihm eine Antwort auf seine Frage. »Kann ich mit ihr reden?«, sprudelte es vor Aufregung aus mir heraus.

Ich sah die Verwirrung in Leons Augen. »Ida, was ist denn los?«, fragte er ruhig. »Sag erst einmal, wie es dir geht? Ich habe dich nach deinem Verschwinden gar nicht mehr gesehen. Man hörte furchtbare Geschichten. Und die Lehrer sagen, dass du nicht mehr in die Schule zurückkehren wirst. Ist alles in Ordnung bei dir?«

Ich sah, dass er sich wirklich um mich sorgte.

»Ja, es ist alles in Ordnung«, antwortete ich knapp.

»Ohne es böse zu meinen, aber du siehst, ehrlich gesagt, nicht so aus. Was ist denn mit deinen Haaren passiert? Die hast du doch immer so geliebt.« Er machte langsam einen Schritt auf mich zu. »Ich weiß nicht, was passiert ist, aber ich will, dass du weißt, dass ich für dich da bin.« Er legte seine Hand auf meinen Arm.

Ich ließ es zu.

»Hörst du?«, fragte er sanft und beugte sich etwas nach unten, sodass wir auf Augenhöhe waren. Zwischen uns war nur noch eine Handbreit Platz. »Ich bin für dich da. Du kannst jederzeit zu mir kommen, wenn du reden möchtest oder einfach nur eine Umarmung brauchst oder was auch immer. Ich bin für dich da. Ich wollte eigentlich schon längst mal bei dir vorbeischauen, aber das ist gar nicht so einfach. Deine Eltern schotten dich ziemlich ab.«

»Ich weiß«, murmelte ich verunsichert. Mein Handy – inklusive aller Kontakte – war irgendwo in der Vergangenheit zurückgeblieben. Meinen Eltern schien das ganz recht zu sein. Sie hatten mich sogar dazu genötigt, all meine Social-Media-Accounts zu löschen.

Dann kam er mir noch näher und gab mir einen ganz zarten Kuss auf die Wange.

»Es tut mir leid, dass ich nicht für dich da war«, flüsterte er in mein Ohr. »Aber ich will, dass du weißt, dass du immer zu mir kommen kannst. Eigentlich hatten wir doch eine wirklich schöne Beziehung. Ich erinnere mich sehr gern an diese Zeit zurück.«

»Ich ziehe nach Irland, Leon.«

»Ich weiß. Aber vielleicht kann ich dich ja mal besuchen. «

Ich nickte. »Ja, vielleicht.«

Mir wurde bewusst, dass er ein direkter Nachfahre von Adam war. Wenn er der Enkel von Adams Tochter war, dann war Adam sein Uropa.

Leon zog mich in seine Arme. Es folgte eine innige Umarmung, die mir deutlich besser tat, als ich erwartet hatte. Kurz fühlte es sich wieder wie damals an, als wir noch zusammen gewesen waren. Ich legte meinen Kopf an seine Brust und war für diesen Moment unglaublich dankbar, dass er hier war.

»Leon?«, fragte ich schließlich.

»Hmm?«

»Ich muss mit deiner Oma sprechen, und frag bitte nicht nach dem Grund.«

»Okay«, antwortete er verständnisvoll.

Er nahm meine Hand und führte mich ins Haus. Ich konnte noch immer nicht richtig glauben, dass Leons Oma Adams Tochter sein sollte. Das war einfach zu absurd. Ich würde es erst glauben können, wenn ich einen Beweis hatte.

Das war doch verrückt. Und vielleicht nur ein riesiger Irrtum.

Leon führte mich in ein altmodisch eingerichtetes Wohnzimmer. Eine ältere Dame saß dort in ihrem Sessel und blickte auf ihren Fernseher.

»Oma, das ist Ida. Sie ist eine Freundin von mir und möchte gern mit dir reden«, stellte Leon mich vor.

Die ältere Dame hob ihren Blick und sah mich musternd an.

»Hallo, Ida!«, sagte sie mit erstaunlich junger und fitter Stimme.

Ich räusperte mich. »Guten Tag«, brachte ich hervor und musste schwer schlucken.

Das war seine Tochter. Die Augen waren seine. Ich erkannte es sofort. Es gab keinen Zweifel, und das raubte mir den Atem. Auf einmal fühlte ich mich Adam wieder so nah. Auf einmal gab es ein Teil von ihm in der Gegenwart. Ich konnte die alte Dame einfach nur anstarren.

»Alles in Ordnung bei dir?«, erkundigte sich Oma Rosa. »Du bist ja ganz blass.«

Ich nickte, doch nichts war in Ordnung. Ich wurde überrumpelt von Erinnerungen. Jedoch von den guten. Wie ich Adam geküsst hatte, wie wir uns umarmt hatten, wie er mich gerettet hatte.

»Wie komme ich denn zu so einem netten Besuch?«, fragte Oma Rosa neugierig.

Was sollte ich zu ihr sagen? Nervös spielte ich mit meinen Fingern, was Leon nicht entging. Oh, Adam, wie sehr ich dich doch vermisse. Gerade jetzt wurde mir das wieder bewusst.

»Wir können uns auch setzen«, sagte Leon und zeigte auf die Couch.

Ich nahm das Angebot an. Meine Knie würden mich nicht mehr lange aufrecht stehen lassen. »Ähm«, begann ich. »Ich wollte nur fragen, ob Sie irgendetwas über Ihren Vater wissen.«

Ich wollte ihr wenigstens sagen, dass er ein wundervoller Mensch gewesen war, auch wenn sie nie die Chance bekommen hatte, ihn kennenzulernen. Ich musste ja nicht sagen, woher ich diese Information hatte.

Sie lächelte. »Aber natürlich! Ich weiß sehr viel über meinen Vater.«

Ich runzelte die Stirn. »Tatsächlich?«

»Aber ja! Er hat mich doch großgezogen. Es war ein großartiger Mann.«

Ich ließ die Schultern hängen. Offensichtlich sprachen wir von unterschiedlichen Vätern. Vermutlich war sie adoptiert worden oder in einer Pflegefamilie aufgewachsen. Sie konnte Adam nicht kennen. Aber trotzdem freute es mich, dass sie offenbar einen anderen liebenden Vater gefunden hatte.

»Das freut mich«, versuchte ich meine Enttäuschung zu überspielen. Adam würde es wohl sehr traurig machen, wenn seine Tochter nicht einmal wusste, wer ihr leiblicher Vater war.

»Ich habe auch Fotos von ihm!«, ließ Oma Rosa mich wissen.

Sie griff nach einem Bilderrahmen auf dem Fensterbrett und reichte es mir. Ich sah das Bild und erstarrte.

Unmöglich! Meine Hände begannen zu zittern. Auf dem Bild war er schon um die vierzig, aber er war es. Er trug einen Anzug, eine rote Krawatte und ein weißes Hemd. Er lächelte liebenswürdig.

Er war es.

Kein Zweifel.

Mit blieb die Luft weg. »Adam«, hauchte ich.

»Ja, genau! Woher kennst du seinen Namen?«, fragte Oma Rosa neugierig.

Ich sah sie entgeistert an und verstand die Welt nicht mehr. Adam war doch tot. »Ich dachte, er wäre im Konzentrationslager gestorben«, sprach ich mehr zu mir als zu ihr.

Ihr Blick wurde ernster. »Nein, das ist er nicht. Er hat dort sehr lange ausharren müssen, und es war sehr knapp, aber er hat überlebt. Er hat nie über diese Zeit gesprochen. Ich denke, dass es einfach zu traumatisch war. Er war in einem furchtbaren Zustand, als man ihn befreit hatte, doch er hat überlebt. Und als ich sechs Jahre alt war, hat er mich in einem Heim gefunden und sich ab diesem Tag um mich gekümmert. Er war der beste Vater, den ich mir vorstellen konnte.«

Tränen liefen über meine Wangen. Ich konnte es nicht glauben. Er hatte es tatsächlich geschafft. Adam hatte überlebt!

»Das freut mich zu hören«, schluchzte ich und wischte mir meine Tränen weg.

»Du brauchst nicht zu weinen. Er hat das gut verkraftet. Mein Vater hatte ein wundervolles Leben«, versuchte Oma Rosa mich zu trösten. »Wieso weißt du von ihm?«, fragte sie.

»Meine Uroma hat von ihm erzählt, und deshalb habe ich mich auf die Suche gemacht und Sie gefunden. Meine Uroma war jedoch der festen Überzeugung gewesen, dass er im Konzentrationslager gestorben ist«, log ich.

Sie lächelte schwach. »Zu schade, dass die beiden sich nicht mehr kennenlernen konnten. Mein Vater ist vor fünf Jahren an einem Herzinfarkt gestorben. Aber es war ein schneller Tod. Er starb im Schlaf, und ich glaube fest daran, dass es ein friedlicher Tod war.«

Nie im Leben hätte ich damit gerechnet, so eine Nachricht zu bekommen. Ich griff nach dem Taschentuch, das Leon mir anbot. »Hatte er denn ein glückliches Leben?«

»Ja, das hatte er. Er ist in seinem Beruf aufgeblüht. Seine Praxis war ihm sehr wichtig. Er war wirklich Arzt aus Leidenschaft. Er liebte es, mit Menschen zusammenzuarbeiten und ihnen zu helfen.«

Er war Arzt geworden? Kaum zu glauben. Ich war mir so sicher gewesen, dass er irgendwo in einem Massengrab lag. Doch stattdessen hatte er sich eine komplett neue Existenz aufgebaut. Ich konnte meine Tränen nicht stoppen, doch es waren pure Freudentränen.

»Er war wirklich großartig!«, sagte Leon neben mir. »Wir sind viel angeln gegangen, und er hat mir gezeigt, wie man Feuer macht. Er war immer sehr geduldig und hat nie gemeckert. Und er hatte einen großartigen Humor.«

Mit gerunzelter Stirn sah ich ihn an. Bis mir bewusst wurde, dass fünf Jahre noch nicht lange her waren. Vor fünf Jahren war ich zwölf gewesen. Zwölf Jahre hatten wir tatsächlich in einer gemeinsamen Zeit verbracht. Vielleicht waren wir uns sogar einmal über den Weg gelaufen. Wer wusste das schon?

Auf einmal fühlte ich mich glücklich. Adam hatte eine Chance im Leben bekommen, und er hatte sie genutzt! Für mich war er ein Held! Er war durch die Hölle gegangen und hatte sich trotzdem nicht unterkriegen lassen.

»Wäre es okay, wenn ich sein Grab besuchen würde?«, fragte ich vorsichtig. »Also mit meiner Uroma ...«

»Natürlich! Ich kann ihr auch ein Foto mitgeben!«

»Gern, das wäre wunderbar ... danke!«

Epilog

Ich stand an seinem Grab.

Wahrscheinlich war ich eine der wenigen Personen auf dieser Welt, die auf einem Friedhof ein zufriedenes Lächeln im Gesicht trugen. Es erfüllte mich mit Seligkeit, dass Adam ein schönes Leben abseits des Krieges hatte kennenlernen dürfen. Sicherlich war es traurig, dass er tot war, doch jeder Mensch starb irgendwann einmal.

Ich legte einen Strauß Blumen nieder und setzte mich vor den Grabstein. Er wirkte wie neu. Es war glatt polierter Marmor, in dem sich die Sonne spiegelte. In goldener Schrift waren seine Lebensdaten eingraviert worden.

»Hey«, sagte ich, als würde ich vor ihm sitzen. Noch zu gut erinnerte ich mich an seine blauen Augen und an sein wunderschönes Lächeln, welches ich viel zu selten gesehen hatte. Ich war so froh, nun endlich ein Foto von ihm zu haben. »Lange her«, hauchte ich und wünschte, dass er mich wenigstens hören könnte. »Wie schön, dass sich dein Leben doch noch zum Guten gewendet hat. Es freut mich so sehr für dich.« Ich seufzte und sah in den blauen Himmel über mir. Ob er dort von oben auf mich herabschaute? »Ich vermisse dich. Ich vermisse dich wirklich sehr.«

Meine Finger umschlangen die Uhr in meiner Jackentasche.

Als ich im Krankenhaus aufgewacht war, hatte ich dieses Ding verflucht. Beinahe hätte es mich umgebracht. Mein einziger Gedanke war gewesen, die Uhr zu zerstören. Niemand sollte solche Schmerzen erleiden wie ich. Niemand sollte die Uhr auch nur in die Hände bekommen. Lange hatte ich überlegt, ob ich sie mit einer Axt zerschlagen, von einer Brücke schmeißen oder einfach verbrennen sollte. Hauptsache, sie war vernichtet.

Doch nun hielt ich sie in der Hand und schaffte es einfach nicht, sie kaputt zu machen. Sie war meine einzige Verbindung zu Adam. Sicherlich konnte ich jetzt nicht zurück zu ihm. Doch was war in zehn Jahren? Wenn der Krieg schon lange vorbei war? Ich könnte ihn wiedersehen, und das, ohne irgendein Risiko eingehen zu müssen.

Die Uhr jetzt zu zerstören war mir zu endgültig. Es würde kein Zurück mehr geben.

»Ich komme wieder«, flüsterte ich. Ich wollte mir diese Möglichkeit offenhalten. »Wir werden uns wiedersehen. Irgendwann!«

Ein Windhauch fuhr mir durch mein Gesicht, und fast konnte man meinen, er hätte mir geantwortet.

Er versucht alles, um ihr Geheimnis zu lüften …

*Cover- und Preisänderungen vorbehalten

Nina Schilling
Behind Me
Tessa & Dyan

Piper Taschenbuch, 480 Seiten
€ 13,00 [D], € 13,40 [A]*
ISBN 978-3-492-50481-2

Tessas Leben ist alles andere als ein Traum. Ihr Vater trinkt und ihre Stiefmutter scheint direkt aus Aschenputtel entsprungen. Trotzdem behält sie nach außen die perfekte Fassade aufrecht.

Doch dann hilft sie der kleinen Schwester des Bad Boys an ihrer Schule, Dyan, der damit nach seinen Regeln in ihrer Schuld steht.

Er setzt alles daran, hinter Tessas Maske zu schauen und seine Schuld zu begleichen. Und auch Tessa will das Geheimnis um Dyan lüften, der ihr gegenüber immer mehr Herz zeigt …

Leseproben, E-Books und mehr unter www.piper.de

PIPER